Sven Gerhardt

Die Heuhaufen-Halunken

Gülleduft und Großstadtmief

Inhalt

MIX
Papier | Fördert gute Waldnutzung
FSC® C010328

Penguin Random House
Verlagsgruppe FSC® N001967

Wir produzieren
Klimaneutral
ClimatePartner.com/14044-1912-1001
Druckprodukt

– Für Miriam. Lass uns mal wieder nach Berlin fahren! –

2. Auflage

Innenillustrationen und Cover: Vera Schmidt
Umschlaggestaltung: Sandra Filić / Illustration Pfeil: Freepik.com
aw · Herstellung: AJ
Satz: Uhl + Massopust, Aalen
Reproduktion: ReproLine Mediatem, München
Druck: Alföldi, Debrecen
ISBN 978-3-570-17505-7
Printed in Hungary

www.cbj-verlag.de

Sven Gerhardt

Die Heuhaufen-Halunken

Gülleduft und Großstadtmief

Mit Illustrationen von
Vera Schmidt

cbj

Kapitel 1

Kehrt im Dorf der Frühling ein, wird es wohl bald Frühling sein

»Dieses Kaff nervt«, brummte Meggy, als sie an einem regnerischen Tag im April aus ihrem Fenster schaute und vor Langeweile fast umkam. Ein langer Winter lag hinter Dümpelwalde und alle Bewohner sehnten sich nach dem Frühling. Doch dieser schien noch keine Lust zu haben in Dümpelwalde einzuziehen, was man auch irgendwie verstehen konnte. Schließlich lag das kleine Dorf am Ende der Welt. Na ja, fast zumindest. Denn das Ende der Welt war wohl eher das fünf Kilometer entfernte Sumpflitz. Dort führte nur eine einzige Straße hinein, die dann irgendwo in einem Acker endete. Und soweit Meggy wusste, gab es

hinter diesem Acker nicht mehr als nur vermatschte Wiesen soweit das Auge reichte. Bald jedoch würden in der ganzen Gegend die Apfelbäume blühen, die es hier in Unmengen gab, und auf den vermatschten Wiesen würden endlich wieder Blumen wachsen. Nur war von alldem bisher leider noch keine Spur zu sehen, und so träumte Meggy wie so oft von San Francisco, der Stadt, in der es niemals kalte Winter gab und in der sich die Ganoven auf den buckeligen Straßen wilde Verfolgungsjagden mit der Polizei lieferten.

Meggy wollte später einmal Gangsterbraut werden und dafür hatte sie auch die besten Voraussetzungen. Schließlich war sie die Anführerin der sagenumwobenen Heuhaufen-Halunken – einer Bande, die Autos knacken konnte, illegale Boxkämpfe veranstaltete und sogar über eine Filiale in Berlin verfügte.

Meggy

- richtiger Name: Margarethe
- Alter: 10
- Berufswunsch: Gangsterbraut
- Anführerin und kreativer Kopf der Bande
- Halunken-Spezialität: Pläne schmieden und Aufgaben verteilen

Schorsch (Meggys Bruder)

- richtiger Name: Georg
- Alter: 9
- Berufswunsch: Profiboxer
- ist extrem frech, aber manchmal auch extrem nett
- Halunken-Spezialität: bekommt mit seinen Fäusten jede Tür auf

Knolle*

- richtiger Name: Ben
- Alter: 9
- Berufswunsch: Restaurant-Tester
- ist etwas faul und träge
- Halunken-Spezialität: Gaunereien, die irgendwas mit Essen zu tun haben

* Seinen Spitznamen hat Knolle als kleines Baby bekommen. Damals hatte er nämlich eine Nase, die aussah wie eine Kartoffel. Das Beweisfoto hängt noch bei ihm zu Hause im Wohnzimmer. Mittlerweile sieht seine Nase aber ganz normal aus.

Alfons

- Alter: 11
- Ist in Dümpelwalde aufgewachsen, wohnt aber seit letztem Sommer in Berlin
- Berufswunsch: darüber macht er sich noch keine Gedanken
- ist sehr schlau, aber manchmal etwas dickköpfig
- Halunken-Spezialität: er kann einfach alles besorgen

Lotte (Cousine von Meggy und Schorsch)

- Alter: 6
- Berufswunsch: auf keinen Fall Prinzessin!
- hat es als Nachwuchs-Halunke faustdick hinter den Ohren
- Halunken-Spezialität: wenn sie ihr zuckersüßes Lächeln aufsetzt, kann ihr niemand böse sein

Marius

- Alter: 10
- wohnt in Berlin und ist neuestes Mitglied der Heuhaufen-Halunken
- Berufswunsch: irgendwas mit Computern
- ist ziemlich schüchtern, aber dafür extrem lernfähig
- Halunken-Spezialität: Internet-Recherche

Das Problem war nur, dass die Heuhaufen-Halunken schon seit einer halben Ewigkeit kein krummes Ding mehr gedreht hatten. Zumindest kam es Meggy so vor. Ihre letzte glorreiche Halunken-Aktion hatte im letzten Herbst stattgefunden, als sie die berüchtigten Miesmann-Zwillinge in einem Boxkampf besiegt hatten. Damals waren Alfons und Marius über die Ferien aus Berlin nach Dümpelwalde gekommen. Doch seitdem hatte sich die Bande nicht mehr komplett treffen können. An Weihnachten war Marius zwar mit seinem Vater bei Oma Hertha zu Besuch, aber Alfons konnte leider nicht kommen. Das lag zum einen daran, dass seine Eltern viel arbeiten mussten, zum anderen hatte Alfons ein neues Hobby, das sehr viel Zeit kostete. Jede freie Minute verbrachte er in einem Jugendhaus, das viele Angebote für Kinder und Jugendliche aus seinem Viertel bot. Und so war Alfons nun Teil einer Hip-Hop- und Breakdance-Gruppe, die eigene Lieder schrieb und akrobatische Tänze einstudierte.

Als Alfons Meggy am Telefon von seinem neuen Hobby berichtete, konnte sie nicht verstehen, was an der Sache so toll sein sollte und wie das vor allem wichtiger sein konnte als ihre Bande. Klar, Hip-Hop mochte sie auch, aber beim

Thema Tanzen dachte sie sofort an die Trachtentanzgruppe, die es in Dümpelwalde gab. Spannend klang das für sie daher überhaupt nicht. Obwohl, für gelangweilte Stadtkinder war das vielleicht ein passendes Hobby.

Bis vor ein paar Monaten hatten die Heuhaufen-Halunken nichts von Stadtkindern gehalten, doch dann lernten sie Marius kennen und merkten, dass sie mit dem ein oder anderen Vorurteil ziemlich falschlagen.

»Wenn wir uns das nächste Mal sehen, zeig ich dir ein paar Moves«, hatte Alfons noch am Telefon gesagt, und Meggy hatte »Klar, gerne« geantwortet und sich kichernd vorgestellt, wie Alfons mit einer Tracht bekleidet zu Hip-Hop-Musik tanzte.

Seit dem Telefonat war eine ganze Weile vergangen. Meggy vermisste ihre beiden Berliner Freunde und sie wünschte sich nichts sehnlicher, als mit den Heuhaufen-Halunken endlich wieder ein neues Abenteuer zu erleben. Dass sich dieser Wunsch schon sehr bald erfüllen würde, konnte sie in diesem Moment noch nicht ahnen.

Kapitel 2

Schickt jemand Post dir raus aufs Land,
geschieht danach meist allerhand

»Dass dir das so viel Spaß macht, ständig auf dieses Ding einzudreschen«, sagte Meggy verständnislos, als sie ihrem Bruder beim Boxtraining in der Scheune zusah, wo sich das Hauptquartier der Heuhaufen-Halunken befand.

Schorsch hatte vor einigen Wochen einen Boxsack von seinen Eltern zum Geburtstag geschenkt bekommen, und der hing jetzt im Bandenquartier der Halunken, das hinter einem großen Stapel Heuballen versteckt war. Dort gab es auch eine gemütliche Sitzecke mit einem alten Sofa, einem kleinen Tisch und einigen Obstkisten, die mit Kissen bestückt ideale Sitzgelegenheiten waren. In der Ecke stand ein kleiner Kühlschrank, der meist gut gefüllt war. Momentan herrschte darin jedoch gähnende Leere. Das mobile Apfelcafé, das Meggys und Schorschs Mutter betrieb, machte gerade Winterpause. Und so fehlte von den leckeren Apfeldelikatessen, die ihre Mutter normalerweise für das Café herstellte, und von denen auch immer welche in dem kleinen Kühlschrank der Halunken landeten, jede Spur. Ein weiterer Grund sich auf den Frühling zu freuen, wenn der Duft von frischem Apfelkuchen wieder das Quartier der Halunken füllte und eisgekühlte Saftflaschen darauf warteten, in einem Zug leer getrunken zu werden.

Schorsch verbrachte täglich mehrere Stunden in der Scheune und trainierte. Bei dem miesen Wetter gab es auch keine bessere Beschäftigung. Außerdem kam er damit jeden Tag seinem großen Ziel ein bisschen näher, Profiboxer zu werden – so wie sein großes Vorbild Kuno Hammerstein. Dieser war nämlich der erste und bisher einzige Profiboxer, den Dümpelwalde hervorgebracht hatte. Vermutlich war er sogar die berühmteste Person, die jemals in diesem Dorf gelebt hatte. Immerhin wäre er einmal fast Weltmeister geworden. Schorsch wollte nicht nur fast Weltmeister werden, sondern so richtig. Und deshalb versetzte er seinem Boxsack noch mal einen kräftigen Schlag, bevor er sich erschöpft aufs Sofa plumpsen ließ.

Meggy saß neben ihm und ließ ihren Blick betrübt durch das Quartier der Halunken schweifen.

»Ich vermisse Alfons und Marius. Und den Frühling vermisse ich auch«, brummte sie und verschränkte dabei bockig die Arme.

»Geht mir genauso«, stimmte Schorsch ihr zu und zog seine Boxhandschuhe aus. Dann saßen die beiden eine ganze Weile schweigend nebeneinander und dachten an die Zeiten, als ihre Bande noch komplett war.

Dass zwei Mitglieder der Halunken in Berlin lebten, machte Meggy oft zu schaffen. Ohne Alfons und Marius konnten sie keine großen Pläne schmieden. Natürlich waren Meggy, Schorsch, Knolle und Lotte in der Zwischenzeit nicht untätig, aber es waren eben nur kleine Ganovenstreiche, die sie zu viert durchführten.

Da war zum Beispiel die Sache mit Lottes Zahnarztbesuch: Lottes Mutter wollte an einem kalten Januartag mit ihrer Tochter zur Kontrolle zum Zahnarzt nach Bröckelbach fahren. Da Lotte aber panische Angst davor hatte, sorgten die Halunken dafür, dass sie verschont blieb. Sie kippten eimerweise Wasser auf den Hof rund um das Auto von Lottes Mutter, sodass eine spiegelglatte Eisfläche entstand, die es unmöglich machte, von der Stelle zu kommen. Bis Meggys Vater den Hof mit Salz wieder einigermaßen freibekommen hatte, war es bereits zu spät, um zum Zahnarzt aufzubrechen.

Ein anderes Mal hatten die Halunken den Schulbus kurzzeitig lahmgelegt. Um eine Deutscharbeit in der ersten Stunde nicht mitschreiben zu müssen, hatte Meggy eine dufte Idee gehabt: In Dümpelwaldes einzigem Kaugummiautomaten gab es seit einiger Zeit kleine Stinkbomben,

die der absolute Renner bei den Kindern waren. Lotte, als erfahrene Kaugummistöpslerin, hatte es geschafft, fünf von den stinkenden Dingern aus dem Automat zu holen. Meggy hatte dafür ihr ganzes Taschengeld geopfert. Als Meggy und die anderen an besagtem Morgen in den Bus stiegen, hatten sie innerhalb kürzester Zeit das Gefährt so eingenebelt, dass der Fahrer bereits kurz nach Dümpelwalde rechts ranfahren musste, weil der Gestank nicht mehr auszuhalten war. Knolle, der am Abend vorher einen großen Topf Bohnen mit Speck verdrückt hatte, leistete mit seinen fürchterlichen Blähungen seinen ganz eignen duftenden Beitrag. Es dauerte eine knappe halbe Stunde, bis der Bus weiterfahren konnte und die Sache mit der Deutscharbeit hatte sich für diesen Tag erledigt.

Aber das waren eben nur kleine Halunken-Aktionen gewesen. Meggy wollte endlich mal wieder einen ganz großen Plan schmieden.

»Post für die Heuhaufen-Halunken!«, durchbrach ihre Mutter

plötzlich die Stille. Sie wedelte mit einem Brief und Meggy und Schorsch sprangen gleichzeitig auf, um nach ihm zu schnappen.

Meggy erwischte ihn zuerst.

»Ladies first«, sagte sie grinsend und warf einen Blick auf den Absender, obwohl sie sich natürlich denken konnte, von wem der Brief stammte.

»Der ist von Alfons und Marius!«, rief sie begeistert und hüpfte zurück auf das Sofa.

Sie kramte ihr Taschenmesser aus der Hosentasche, um den Umschlag zu öffnen.

»Warte!«, unterbrach sie Schorsch. »Wir müssen zuerst Knolle und Lotte holen. Immerhin ist der Brief ja an die Heuhaufen-Halunken adressiert.«

Keine fünf Minuten später saß der Dümpelwalder Teil der Halunken auch schon im Hauptquartier zusammen, um die Nachricht zu lesen, die ihnen ihre Berliner Filiale geschickt hatte.

An die Heuhaufen-Halunken stand in einer mit dem Computer geschriebenen Schrift auf dem Umschlag, der oben links das Logo von dem Bauunternehmen trug, das Marius' Vater leitete. Meggy fühlte sich richtig gut, als sie den Umschlag öffnete. Aus ihrer einstigen Kindergartenbande war nun eine professionelle Sache geworden.

»Nun lies schon vor!«, sagte Schorsch ungeduldig. Meggy faltete das Papier auseinander und staunte. Der ganze Brief war mit dem Computer geschrieben und sah dadurch ziemlich erwachsen aus. Fast so wie die Versicherungsschreiben ihres Vaters, die er an seine Kunden schickte.

Meggy räusperte sich kurz und begann zu lesen:

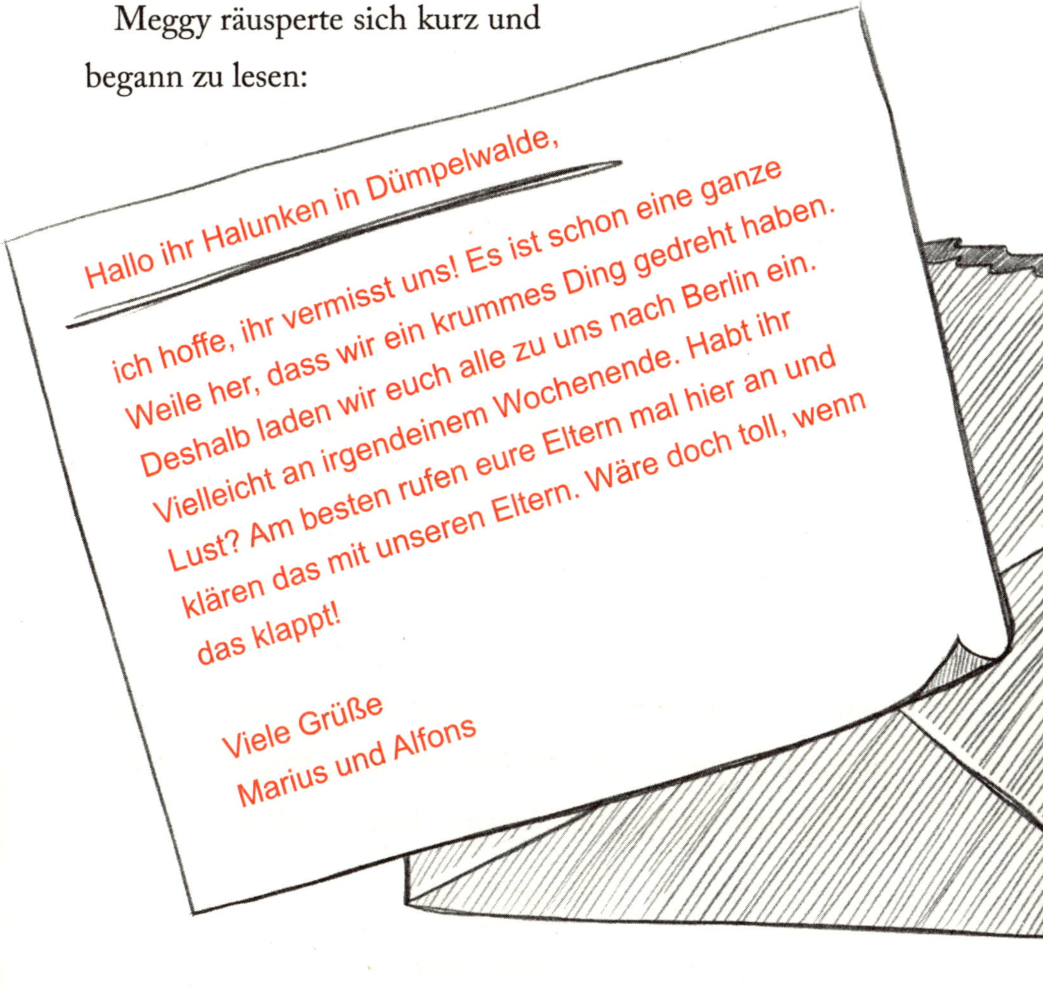

Hallo ihr Halunken in Dümpelwalde,

ich hoffe, ihr vermisst uns! Es ist schon eine ganze Weile her, dass wir ein krummes Ding gedreht haben. Deshalb laden wir euch alle zu uns nach Berlin ein. Vielleicht an irgendeinem Wochenende. Habt ihr Lust? Am besten rufen eure Eltern mal hier an und klären das mit unseren Eltern. Wäre doch toll, wenn das klappt!

Viele Grüße
Marius und Alfons

»Juhu! Wir fahren nach Berlin!«, jubelte Schorsch und riss Meggy den Brief aus der Hand, um ihn noch mal in Ruhe zu lesen.

Auch Meggy freute sich riesig über die Einladung. Endlich würden die Heuhaufen-Halunken wieder etwas zusammen unternehmen. Und eine kleine Auszeit von Dümpelwalde würde ihnen sicherlich auch mal guttun. Die Vorfreude auf Berlin ließ ihre eben noch herrschende Langeweile schlagartig verschwinden.

Knolle war ebenso begeistert. »Ich liebe Berliner!«, sagte er und schleckte sich dabei mit der Zunge über die Lippen. »Vor allem die gefüllten!«

Lotte sah ihn fragend an. Aber weil sich alle freuten, freute sie sich einfach mit.

»Wir müssen das sofort mit unseren Eltern besprechen!«, meinte Meggy. Sie war voller Energie und ihr Gangster-Instinkt sagte ihr, dass in Berlin mit Sicherheit ein großes Abenteuer auf die Halunken wartete.

Kurze Zeit später schwirrten die Freunde aus, um ihren Eltern von dem Brief zu erzählen. Nach ein paar Telefonaten und dem Wälzen von Terminkalendern stand fest: Die Dümpelwalder Heuhaufen-Halunken würden schon in zwei Wochen nach Berlin fahren!

Lottes Mutter bestand allerdings darauf, die Kinder zu begleiten. Auch wenn Meggy natürlich lieber ohne Erwachsene unterwegs gewesen wäre, war sie irgendwie froh, dass sie nicht die Verantwortung für Lotte übernehmen musste. In Dümpelwalde war das meistens kein Problem, aber Berlin war riesig. Außerdem war Lottes Mutter ja auch ganz nett.

Da das Haus von Marius' Eltern sehr groß war, würden dort alle Halunken zusammen unterkommen. Und Meggy freute sich schon auf den Swimmingpool, von dem Alfons erzählt hatte. Mitte April würde es zwar vermutlich noch zu kalt sein, um darin zu schwimmen, aber alleine die Vorstellung irgendwo zu wohnen, wo es einen eigenen Pool gab, gefiel ihr ausgesprochen gut.

Mit jedem Tag, der von nun an verging und die Reise näherkommen ließ, wuchs die Aufregung der Heuhaufen-Halunken. Die große Langeweile hatte endlich ein Ende und sogar der Frühling schickte seine ersten Boten nach Dümpelwalde.

Kapitel 3

Hinter Wiese, Feld und Wald erscheint der Rest der Welt schon bald

»Du weißt schon, dass wir nur für drei Tage verreisen und nicht für drei Monate«, witzelte Schorsch, als er Knolles riesigen Koffer sah, den er mühsam ins Quartier der Halunken zog.

»Du hast ja keine Ahnung, wie viel Hunger ich bekomme, wenn ich auf Reisen bin«, erwiderte dieser und dicke Schweißperlen liefen ihm übers Gesicht. Doch Schorsch hatte durchaus eine Ahnung davon: Als sie letzten Sommer mit dem alten Volvo, der nun als mobiles Apfelcafé diente, an den Plörrsee fahren wollten, hatte Knolle ähnlich viel Gepäck dabei gehabt.

»Das heißt, dein Koffer ist voller Proviant?«, versicherte sich Schorsch und Knolle nickte.

»Und wo sind dann deine Klamotten?«

Knolle zeigte auf den kleinen Rucksack, den seine Mutter hinter ihm hertrug.

Schorsch musste lachen. Das war mal wieder typisch Knolle.

Schorsch selbst hatte nur eine Sporttasche mit den nötigsten Sachen gepackt. An der Seite der Tasche baumelten seine Boxhandschuhe, die er überallhin mitnahm.

Meggy hatte sich den schicken Wanderrucksack ihrer Mutter geliehen. Sie benötigte nicht viel Gepäck und konnte Taschen-Schleppen und Koffer-Ziehen ohnehin nicht leiden.

Endlich war der große Tag gekommen, an dem die Dümpelwalder Heuhaufen-Halunken ihre Filiale in Berlin besuchen würden. In wenigen Stunden würden sie Alfons und Marius wiedersehen.

»Wo bleiben eigentlich Lotte und ihre Mutter?«, fragte Meggy und kramte ihre alte Armbanduhr aus der Hosentasche. Das hässliche Ding hatte sie seit Ewigkeiten nicht mehr getragen. In Dümpelwalde brauchte sie nie eine Uhr, denn das Krähen von Hahn Pavarotti und das Läuten der Kirchturmglocke gaben den Tagesrhythmus vor. In einer Großstadt jedoch konnte man so ein Ding vermutlich ganz gut brauchen.

»Da kommen sie«, sagte Schorsch und hievte sich die Sportasche über die Schulter.

Lotte hatte drei Kuscheltiere unter dem Arm, ihre Augen waren knallrot und ihre Mutter sah ziemlich genervt aus. Meggy konnte sich sofort denken, was los war. Vermutlich

wollte Lotte wieder ihre riesige Sammlung an Stofftieren mitnehmen und ihre Mutter hatte es verboten.

»Dann können wir ja jetzt los!«, sagte Meggy und warf einen erneuten Blick auf ihre Uhr. »Unser Bus fährt in zehn Minuten ab.«

»Passt gut auf euch auf!« Meggys Mutter drückte sie und Schorsch fest an sich. »Und macht keine Dummheiten!«

»Du kennst uns doch!«, versuchte Schorsch sie zu beruhigen.

»Eben!«, antwortete die Mutter und zerzauste ihm die Haare.

Auch Knolle verabschiedete sich von seinen Eltern und dann liefen die Kinder gemeinsam mit Lottes Mutter zur Bushaltestelle. Meggy hatte darauf bestanden, dass die Eltern nicht mit zum Bus kamen. Zum einen konnte sie große Abschiedsszenen nicht leiden, und zum anderen lungerten im Haltestellenhäuschen oft ein paar Jugendliche herum, die sicherlich wieder blöde Bemerkungen gemacht hätten. Doch nach knapp hundert Metern machte Knolle plötzlich schlapp. Sein Koffer war wohl zu schwer. »Leute, ich kann nicht mehr!«, stöhnte er und wischte sich erschöpft den Schweiß von der Stirn.

»Komm, ich helf dir«, bot ihm Lottes Mutter an und zog den Koffer heftig schnaufend bis zur Haltestelle. Knolle trottete Müsliriegel kauend hinter ihr her und lächelte zufrieden.

Im Bushäuschen saßen tatsächlich ein paar Jugendliche. Allerdings starrten sie gelangweilt auf ihre Smartphones und nahmen nichts von dem wahr, was um sie herum geschah.

Die Busfahrt verlief reibungslos und die Halunken kamen pünktlich am Bahnhof von Bröckelbach an, wo der Zug schon auf sie wartete.

Meggys letzte Zugfahrt war eine halbe Ewigkeit her. Als sie im ersten Schuljahr war, hatte sie mit ihrer Klasse ein Theaterstück in irgendeiner Stadt angeschaut, an deren Namen sie sich nicht mehr erinnern konnte. Auch an das Theaterstück hatte sie nur vage Erinnerungen. Die Zugfahrt dorthin würde sie jedoch niemals vergessen. Einer ihrer Mitschüler hatte auf der Fahrt nämlich eine große Flasche Zitronenlimo in Rekordzeit runtergekippt und kurz darauf in einen der kleinen Abfallbehälter gekotzt, die zwischen den Sitzreihen befestigt waren. Anschließend hatte es so furchtbar gestunken, dass sich alle Fahrgäste in einen anderen Waggon setzen mussten.

Meggy hoffte, dass diese Fahrt besser verlief. Und obwohl Knolle während der Zugfahrt von Bröckelbach nach Berlin tatsächlich mehrere Flaschen Limo trank und etliche Müsliriegel und belegte Brote vertilgte, musste er sich glücklicherweise nicht übergeben.

Lottes Mutter las entspannt in einer der Zeitschriften, die überall im Zug auslagen, und Lotte war mit einem Finger in der Nase eingeschlafen. Schorsch machte Dehnübungen mit seinen Händen. Die Übungen hatte er mal in einem Trainingsvideo für Boxer gesehen, das Marius ihm letztes Jahr

gezeigt hatte, um ihn auf den Kampf mit Siggi Miesmann vorzubereiten.

Meggy genoss die Fahrt und schaute gedankenverloren aus dem Fenster. Felder, Wiesen und viele kleine Dörfer zogen in rauschender Geschwindigkeit an ihr vorbei. Die Welt schien auf einmal groß und weit. In Meggy machte sich ein Gefühl breit, das sie in Dümpelwalde noch nie gespürt hatte. Sie war sich nicht sicher, ob es ein angenehmes oder unangenehmes Gefühl war. Es war wie eine Mischung aus Freude, Neugier und einem kleinen bisschen Angst.

Sie überlegte, ob sie jemals aus Dümpelwalde wegziehen würde. Sie träumte zwar oft vom fernen San Francisco, aber der Gedanke, ihr kleines Heimatdorf zu verlassen, beunruhigte sie irgendwie. Doch je weiter sie sich mit dem Zug von zu Hause entfernte, umso mehr packte sie das Fernweh. Sie musste an Alfons denken, der ja nun schon seit ein paar Monaten nicht mehr in Dümpelwalde wohnte. Er, der immer am meisten von allen Halunken über die Stadtkinder geschimpft hatte, war nun selbst zu einem geworden. Vielleicht war es aber auch völlig egal, ob man nun in einem Dorf oder einer Stadt wohnte. Vielleicht kam es nur darauf an, was man daraus machte.

»Guckt mal!«, rief Schorsch plötzlich und riss Meggy aus ihren Gedanken. Er zeigte auf eine riesige Schlange alter verrosteter Güterwagen, die mit leuchtend bunten Graffitis besprüht waren. Hinter den Wagons standen große, von Nebel umhüllte Lagerhallen. Von grünen Wiesen war nichts mehr zu sehen. Alles wirkte irgendwie trostlos und dreckig. Als der Zug allmählich langsamer wurde, spürte Meggy ein unruhiges Kribbeln im Bauch, und kurz darauf verriet eine knarzende Stimme aus dem Lautsprecher, dass sie in wenigen Minuten am Ziel ihrer Reise waren: Berlin!

Kapitel 4

Das ist die Berliner Luft, Luft Luft,
mit dem ganz besondren Duft, Duft, Duft

Als der Zug im Berliner Hauptbahnhof zum Stehen kam, ging alles ganz schnell. Meggy und die anderen wurden förmlich aus dem Wagon gespült. Die Menschen drängelten und schoben und schienen es auf einmal furchtbar eilig zu haben. Kurz darauf standen die Dümpelwalder Heuhaufen-Halunken gemeinsam mit Lottes Mutter an einem Bahnsteig fern der Heimat und mussten erst mal tief durchatmen. Zum einen, weil es wirklich anstrengend gewesen war mit dem ganzen Gepäck heil aus dem Zug zu kommen und zum anderen, weil der Bahnhof riesig war! Meggy schaute nach oben und sah die gigantische Kuppel aus Fensterscheiben, die wie ein Netz über ihr hing. Ihr wurde fast schwindelig dabei. So etwas hatte sie noch nie gesehen. Sie ließ den Blick umherschweifen und kam sich plötzlich ganz klein vor. Menschenmassen, Rolltreppen, leuchtende Werbeschilder, Geschäfte, unzählige Züge, pfeifende Schaffner – all das prasselte auf sie ein, und sie wusste gar nicht, wo sie zuerst hinschauen sollte. Den anderen schien es ähnlich zu gehen. Knolle stand der Mund offen, als er sah, wie viele Bäckereien, Würstchenbuden und Fastfood-Restaurants es in diesem Bahnhof gab.

»Hier drin gibt es mehr Läden als im gesamtem Umland von Dümpelwalde!«, brachte es Schorsch fassungslos auf den Punkt.

Lotte klammerte sich ängstlich an ihre Mutter, die ebenfalls ziemlich verdattert aussah.

»Na, ihr Halunken!«, rief plötzlich eine wohlbekannte Stimme.

Alfons kam ihnen aus dem Gewühl der Menschen entgegengerannt. Dicht gefolgt von Marius und seinem Vater.

»Geht's euch gut?«, fragte er besorgt, als er die bleichen Gesichter seiner Freunde sah.

»Ja, ja, alles bestens«, sagte Meggy und die Kinder begrüßten sich ausgiebig.

Obwohl dieser Ort so fremd war, fühlte es sich richtig gut an, dass die Halunken nun wieder komplett waren.

»Willkommen in Berlin!«, sagte Marius' Vater und schlug vor, den Trubel des Bahnhofs zu verlassen. Er musste fast brüllen, weil sich am Gleis neben ihnen ein langer, weißer Zug wie ein dicker brummender Wurm vorbeischob.

Sie fuhren mit Rolltreppen, kämpften sich durch übervolle Gänge und Flure und gelangten schließlich durch eine automatische Schiebetür ins Freie.

Doch auch außerhalb des Gebäudes war von Ruhe keine Spur. Autos, Taxis, Busse und noch mehr Menschen als im Bahnhof – das absolute Gegenteil von Dümpelwalde. Und dann diese Luft. Es roch nach einem Gemisch aus Abgasen, Parfüm, Kaffee und einem Hauch Popcorn. Meggy war wie erschlagen. Erst als sie nach einigen Metern das Parkhaus erreichten, sie das Gepäck verladen und die Schiebetür des schicken Kleinbusses von Marius' Vater geschlossen hatten, wurde es endlich ruhig.

Die Fahrt durch die Stadt war für Meggy ebenso überwältigend wie der Berliner Hauptbahnhof. So viele Autos auf einem Haufen hatte sie noch nie gesehen. Und wirklich überall tummelten sich Menschen. Ihrem Aussehen nach schienen sie aus allen Teilen der Erde zu kommen. In Dümpelwalde war das völlig anders. Da kannte jeder jeden, und es war schon etwas Besonderes, wenn sich mal ein Tourist mit fremdem Autokennzeichen ins Dorf verirrte. Meggy war fasziniert von dem bunten Treiben und gleichzeitig fühlte sie sich irgendwie klein. Wie sollte man sich in einer so großen Stadt zurechtfinden? Alles war riesig. Die Häuser, die Straßen, und selbst die Wolken am Himmel kamen ihr größer vor als sonst. Aber vermutlich würde man sich mit der Zeit daran gewöhnen. Immerhin lebten hier ja freiwillig eine ganze Menge Menschen, auch wenn einige von ihnen nicht besonders glücklich aussahen.

Für Knolle war es das reinste Schlaraffenland. An jeder Ecke gab es Imbissbuden, Dönerläden und Restaurants mit Spezialitäten aus aller Welt. Auch Lottes Mutter war begeistert. Als sie die vielen Klamottengeschäfte sah, leuchteten ihre Augen, und sie freute sich auf eine ausgiebige Shoppingtour.

Schorsch hingegen schien das alles nicht zu interessieren. Stattdessen erzählte er Alfons und Marius stolz von seinem Boxsack und seinen Trainingsfortschritten. Marius war beeindruckt. Seit dem Kampf gegen Siggi Miesmann im letzten Herbst war er überzeugt davon, dass Schorsch mal ein richtig guter Boxer werden würde. Alfons berichtete anschließend von seinem neuen Hobby. Breakdance war für ihn das Größte und er wollte Schorsch und den anderen in den nächsten Tagen unbedingt mal ein paar Moves vorführen.

Nach etwas mehr als einer halben Stunde Fahrt wurden die Menschen und Geschäfte draußen weniger. Schöne, alte Häuser mit viel Grün drum herum säumten nun die Straßen und es sah plötzlich alles ganz anders aus.

»Sind wir immer noch in Berlin?«, wollte Meggy von Marius' Vater wissen.

»Oh, ja«, antwortete er lachend und erklärte, dass die Stadt sehr vielfältig sei und jedes Viertel anders aussah.

Kurz darauf bog der Wagen in eine Seitenstraße ein, die links und rechts von großen Bäumen umgeben war.

»Wow!«, sagte Lottes Mutter, als sie zwischen den Bäumen eine schicke Villa nach der anderen erblickte.

Dann wurde der Wagen langsamer und rollte durch eine

hübsch angelegte Einfahrt mit weißen Kieselsteinchen auf ein Haus zu, das noch viel größer und schicker war.

»Wir sind da!«, sagte Marius' Vater schließlich und Lottes Mutter war sprachlos.

Das erste, was Meggy sofort auffiel, war die Ruhe und die frische Luft. Obwohl sie immer noch in Berlin waren, war von Lärm und Abgasen keine Spur.

»Eine verrückte Stadt«, dachte sie und zog ihren Wanderrucksack aus dem Kofferraum.

»Herzlich willkommen!«, begrüßte Marius' Mutter die Gäste mit einer auffallend freundlichen Stimme. Es war das erste Mal, dass Meggy sie traf, und sie machte einen wirklich netten Eindruck. Marius hatte einmal erzählt, dass sie Künstlerin und sehr oft auf Ausstellungen unterwegs war, teilweise sogar im Ausland.

»Schön, euch alle endlich kennenzulernen!«, fügte sie hinzu und hielt die große, schwere Haustüre auf. »Kommt bitte rein!«

Lottes Mutter war von der Fassade des Hauses schon sehr beeindruckt gewesen, aber was sie im Inneren erwartete, ließ ihr den Atem stocken. Das war die mit Abstand schickste Wohnung, die sie je in ihrem Leben betreten hatte und vermutlich je betreten würde. Alles war vom Feinsten und sah aus wie auf den Fotos in den Wohnzeitschriften, die sie manchmal im kleinen Supermarkt in Dümpelwalde durchblätterte. Frau Zastermann, die Besitzerin des Ladens, sah das gar nicht gerne.

»Nicht nur glotzen, sondern kaufen!«, stänkerte sie jedes Mal.

Doch Dümpelwalde schien Lottes Mutter in diesem Haus gerade so weit weg wie der Mars von der Erde.

»Kneif mich mal, Lotte«, sagte sie und kam sich vor wie in einem Märchenschloss.

Lotte ließ sich das nicht zweimal sagen und krallte sich mit ihren spitzen Fingern so fest in den Arm ihrer Mutter, dass diese Mühe hatte, nicht vor Schmerzen laut loszuschreien.

»Setzt euch doch«, sagte Marius' Mutter und zeigte auf eine riesige Sofalandschaft aus dunkelbraunem Leder, die in der Mitte des Wohnzimmers stand. Der Raum war ungefähr so groß wie die Scheune der Heuhaufen-Halunken, wirkte aber im Gegensatz zum Bandenquartier so sauber und aufgeräumt, dass man sich nicht traute, etwas anzufassen.

»Ihr habt doch bestimmt einen riesigen Durst!«

»Und wie!«, sagte Knolle wie aus der Pistole geschossen. »Und einen riesigen Hunger auch!«

Meggy verdrehte die Augen und schämte sich ein wenig für ihren Freund.

»Kein Problem!«, sagte Marius' Mutter und lächelte Knolle an. Dann wandte sie sich Richtung Flur und rief: »Henriette, bringen Sie unseren Gästen doch bitte eine kleine Stärkung!«

Kurz darauf erschien eine ältere Frau in der Tür. Sie war groß und ziemlich dünn. Ihr Gesicht war knochig und ihre grauen Haare waren zu einem Dutt zusammengebunden. Ihre dunkle Kleidung erinnerte Meggy an eine Kellnerin und alles an ihr wirkte streng.

»Sehr wohl, Madame!«, sagte sie und ihre Stimme klang wie die eines Mannes.

Als sie die Gäste auf den Sofas sitzen sah, verfinsterte sich ihr Blick. Marius beugte sich nach vorne und flüsterte den anderen Halunken zu: »Sie kann Kinder nicht leiden!«

Das konnte sich Meggy gut vorstellen. Und sie vermutete, dass Henriette Dreck, Staub und Unordnung ebenfalls nicht leiden konnte. Sie und die Frau von Bauer Kunze würden sich bestimmt prächtig verstehen.

»Wer hat denn dieses Bild so verschmiert«, fragte Knolle plötzlich und zeigte auf ein großes, abstraktes Gemälde, dass an der Wand gegenüber der Sofalandschaft hing.

»Das, äh, das war ich«, stotterte Marius' Mutter und wurde etwas rot. »Die Art der Malerei nennt sich Abstrakter Expressionismus. Gefällt's dir?«

»Geht so«, antwortete Knolle. »Ich hab so ein ähnliches Bild mal in Kunst gemalt. Da ist mir mein Wasserbecher umgekippt und hat alle Farben vermischt. Das gab eine riesige Sauerei.«

Meggy trat Knolle gegen das Schienbein, damit er nicht noch mehr peinliches Zeug quatschte. Knolle wollte gerade laut »Aua!« brüllen, erblickte jedoch im selben Moment Henriette, die mit einem großen Tablett ins Wohnzimmer trat.

Sie platzierte Limo, kleine Laugenbrötchen, Karottensticks, Paprikastreifen und kalte Frikadellen auf dem Wohnzimmertisch.

Dann sah sie die Kinder mit eiskaltem Blick an und flüsterte, dass man es kaum hören konnte: »Macht hier ja keinen Ärger, sonst bekommt ihr es mit mir zu tun!«

Meggy schauderte es. Das konnte ja heiter werden.

Kapitel 5

Suchst du nach Abenteuern in der Stadt,
zeigt sie dir schnell, was sie zu bieten hat

Nachdem sich die Kinder gestärkt hatten, fragte Meggy, ob sie mal den Swimmingpool sehen durfte.

»Klar, kein Problem«, erwiderte Marius und führte die Halunken durch einen großen Flur in einen Wintergarten, von dem aus man auf die Terrasse gelangte. Direkt daneben lag der Pool, der mit einer Plane bedeckt war.

»Papa hat ihn vorgestern reinigen lassen und frisch aufgefüllt«, sagte Marius. »Ich fürchte allerdings, dass es noch etwas zu kalt ist, um reinzuspringen.«

Er zog einen Teil der Plane zur Seite und man konnte das frische Wasser in dem türkisfarbenen Becken sehen. Meggy wünschte, es wäre Sommer und sie könnten den Pool sofort ausprobieren. Sie fand es unglaublich cool, direkt neben dem Haus ins Wasser springen zu können. Sollte sie als Gangsterbraut jemals zu viel Geld kommen, würde sie sich genau so einen Pool neben ihre Villa bauen lassen.

»Kommt mit, ich zeige euch den Rest des Gartens«, sagte Marius.

Der Garten entpuppte sich jedoch eher als eine Art Park. Kunstvoll gepflasterte Wege schlängelten sich durch viele kleine, gepflegte Rasenflächen und hinter ein paar Bäumen kam ein Holzhäuschen zum Vorschein. Es war rot angestrichen und sah aus wie die

Häuser, die Meggy mal in einem schwedischen Kinderfilm gesehen hatte.

»Das Ding hat mir mein Vater zum vierten Geburtstag geschenkt«, erklärte Marius. »Ich habe es aber schon seit ein paar Jahren nicht mehr benutzt. Vielleicht könnte es an diesem Wochenende unser Bandenquartier sein.«

Marius öffnete die knarrende Tür des Häuschens und fing an zu husten.

»Vielleicht sollte Henriette hier drin erst mal Staub wischen«, witzelte Meggy, als sie das Häuschen betrat, das sich tatsächlich ideal als Bandenquartier eignete. Es gab einen Tisch, ein paar Stühle und sogar eine kleine Eckbank.

Marius schob die Vorhänge beiseite und öffnete die Fenster zum Lüften.

Auch Schorsch, Alfons, Knolle und Lotte waren begeistert und machten es sich sofort gemütlich.

»Na, dann erkläre ich dieses Häuschen mal zum Berliner Bandenquartier der Heuhaufen-Halunken!«, sagte Meggy mit feierlichem Ton. Dann setzte sie sich auf einen der Stühle, zog ihr Notizbuch hervor und notierte:

Berliner Quartier der Heuhaufen-Halunken offiziell eingeweiht!

- harmloses kleines Schwedenhaus bietet die perfekte Tarnung
- staubwischfreie Zone
- Erwachsenen ist der Zutritt nicht erlaubt (vor allem nicht Henriette!)

Dann klappte sie das Buch wieder zu, sah die anderen mit ihrem typischen Gangsterblick an und sagte: »Jetzt, wo wir Heuhaufen-Halunken endlich wieder zusammen sind, brauchen wir unbedingt einen neuen Plan!«

Die anderen stimmten ihr nickend zu. Jedoch hatte keiner eine Idee, was sie nun planen sollten.

Nach einer Weile wurde es den Halunken in dem Holzhäuschen zu langweilig, und nichts deutete darauf hin, dass sie allein durch Rumsitzen zu einem neuen Plan für ihre nächste Aktion kamen. Daher schlug Meggy vor, mal ein bisschen durch das Wohnviertel zu ziehen. Vielleicht fiel ihnen ja dabei etwas ein, was sie unternehmen konnten.

Marius gab kurz seiner Mutter Bescheid, die gerade damit beschäftigt war, Lottes Mutter ihr Atelier zu zeigen. Sein Vater musste zurück in seine Firma und Henriette saugte die Krümel vom Teppich, die die Kinder beim Essen hinterlassen hatten.

Besser hätte es nicht laufen können, denn wenn die Erwachsenen beschäftigt waren, waren das schon mal ideale Voraussetzungen für ein neues Halunken-Abenteuer. Und so schlenderten Meggy, Schorsch, Knolle, Alfons und Lotte wenig später mit Marius durch sein Wohnviertel und bestaunten die vielen großen Villen und die teuren Autos, die davor geparkt waren. Die Sonne zeigte sich hin und wieder, worüber sich auch die Vögel zu freuen schienen. Sie zwitscherten um die Wette und flogen fröhlich von Baum zu Baum. So schön das Viertel auch war, so wirkte doch alles etwas langweilig. Kein Spielplatz weit und breit, kein Bolzplatz in Sicht und von anderen Kindern fehlte auch jede Spur.

»Was macht man denn hier so den ganzen Tag?«, fragte Meggy und sah Marius skeptisch an.

»Computer zocken«, sagte der ohne zu zögern und wusste, dass Meggy diese Antwort nicht gefallen würde. »Das machen hier alle«, schob er nach und zeigte auf ein großes weißes Haus, vor dem zwei schwarze Porsche standen.

»Hier wohnt Arne«, erklärte Marius ernst. »Der hat nach der vierten Klasse die Schule abgebrochen und ist nun Computerspiele-Profi. Er hat das Haus seit zwei Jahren nicht mehr verlassen!«

»Bitte was?«, brüllte Meggy empört.

»Das war ein Scherz«, grinste Marius.

Meggy wollte ihm für diesen blöden Witz gerade einen Klaps auf die Schulter geben, als ihnen wie aus dem Nichts drei Kinder entgegenkamen.

»Oh, oh«, flüsterte Marius und wurde blass. »Verhaltet euch ruhig und quatscht sie bloß nicht an.« Er wollte gerade die Straßenseite wechseln, als Meggy ihn zurückzog.

»Der Gehweg ist breit genug. Die kommen schon an uns vorbei«, sagte sie mit fester Stimme und Marius schluckte.

Die drei Kinder kamen näher und Meggy musterte sie mit ihrem erfahrenen Gangsterblick. Sie schienen alle ungefähr in ihrem Alter zu sein und sahen auf den ersten Blick absolut harmlos aus. Der Junge in der Mitte war ziemlich klein, hatte rote, zur Seite gekämmte Haare und eine Streberbrille auf der Nase. Links von

ihm lief ein Junge mit dunkler Hautfarbe und schwarzen kurzen Locken. Rechts von ihm trabte ein Mädchen, das ebenfalls schwarze Haare hatte und asiatisch aussah.

Als die drei die Halunken erreichten, gingen die beiden Jungs links an ihnen vorbei und das Mädchen rechts. Und obwohl sie so harmlos aussahen, spürte Meggy, dass irgendetwas mit ihnen nicht stimmte. Sie hatte ein perfektes Gespür dafür, wer Freund und wer Feind war, und auch dieses Mal behielt sie recht.

Als der Brillenjunge an Marius vorbeiging, verpasste er ihm einen absichtlichen Rempler mit seiner Schulter. Marius tat so, als hätte er es nicht bemerkt,

doch Meggy hatte es genau gesehen. Als Bandenchefin konnte sie so etwas natürlich unmöglich durchgehen lassen.

»He, du Zwerg, pass doch auf!«, blaffte sie den Jungen an.

»M-M-Meggy, lass das lieber sein!«, versuchte Marius sie zu beruhigen.

»Wir müssen uns doch so was nicht gefallen lassen«, gab Meggy zurück und wurde nun richtig sauer. Schorsch, Alfons, Knolle und Lotte, die von dem Rempler gar nichts mitbekommen hatten, waren schon ahnungslos weitergegangen. Als sie Meggys Geschimpfe hörten, liefen sie jedoch schnell zurück und ahnten, dass nun Unheil folgte.

Der Junge mit der Streberbrille stellte sich grinsend vor Meggy, sagte aber kein Wort.

»Glotz nicht so, Einstein, sondern entschuldige dich gefälligst!«, brüllte sie, aber der Junge sah sie nur weiter grinsend an. Seine Begleiter bauten sich hinter ihm auf und verschränkten die Arme. Ihre Blicke waren nun alles andere als harmlos und die Luft knisterte vor Anspannung.

»Soll ich sie fertigmachen?«, fragte das Mädchen schließlich und ließ ihre Finger knacken. Sie verzog dabei keine Miene.

Der Junge mit der Brille schüttelte kaum spürbar den Kopf.

Seine Augen wurden nun zu schmalen, gefährlich wirkenden Schlitzen und trafen auf Meggys fiesen Gangsterblick.

Er atmete langsam und tief ein und sagte mit ruhiger und klarer Stimme: »Wir nehmen auf andere Art und Weise Rache.«

Dann wandte er sich Marius zu und klopfte ihm auf die Schulter. »Eine nette Freundin hast du da. Schade nur, dass sie dir gerade eine Menge Ärger eingehandelt hat.«

Dann drehte er sich um und schlenderte seelenruhig mit seinen beiden Freunden weiter.

»Ja, mach dich nur vom Acker, du Knalltüte«, rief ihm Meggy hinterher. Marius stand kopfschüttelnd neben ihr und war noch blasser geworden.

»Dass du dich aber auch immer so leicht provozieren lässt«, sagte Schorsch zu seiner Schwester und erntete dafür einen finsteren Blick von ihr.

»Na hör mal, der Kerl hat Marius einfach angerempelt«, sagte sie empört.

»Wer waren die drei überhaupt, kennst du die etwa?«

Marius nickte. »Das waren Kalle, Jamal und Miyu. Die drei sehen harmlos aus, haben dieses Viertel aber zu ihrem Revier erklärt. Mit denen ist nicht zu spaßen.«

Meggy musste schmunzeln. »Du meinst, die drei sind so etwas wie eine Bande? Da lachen ja die Hühner!«

»Lass dich nicht täuschen«, erwiderte Marius ernst. »Kalle, der Typ mit der Brille, ist der fieseste Kerl, den ich kenne. Er ist der Anführer der drei und schreckt vor nichts zurück. Über Jamal weiß ich nur, dass er gerne mit Spraydosen sprüht.«

»Und was ist mit dieser Miyu?«, fragte Meggy von alldem wenig beeindruckt.

»Die ist Landesmeisterin im Taekwondo. Außerdem kann sie schneller rennen als ihr sechzehnjähriger Bruder.« Marius fuhr sich verzweifelt mit den Fingern durch die Haare.

»Du kannst mir glauben Meggy, wir haben nun ein echtes Problem an der Backe!«

Kapitel 6

*Trifft ein Halunke einen Schuft,
bringt das meistens dicke Luft*

Nach einem fürstlichen Abendessen, das Henriette mit kalter Miene serviert hatte, saßen die Halunken in Marius' Zimmer und bestaunten die vielen tollen Sachen, die er besaß. Neben einem eigenen PC hatte er noch diverse Spielekonsolen, eine Stereoanlage und eigentlich alles an Spielzeug, was man sich wünschen konnte. Und obwohl seine besten Freunde bei ihm zu Besuch waren, saß er lustlos auf einem Sessel.

»Du denkst an die Begegnung mit Kalle heute Nachmittag, stimmt's?«, fragte Meggy und hockte sich neben ihn auf den Boden.

Marius nickte. »Ich hab echt Schiss, dass die uns ordentlich eins auswischen.« Er sah Meggy vorwurfsvoll an. »Du hättest am besten auf mich gehört und sie gar nicht erst angequatscht.«

Meggy dachte kurz nach.

»Wenn eines meiner Bandenmitglieder angegriffen wird, kann ich das nicht einfach so hinnehmen«, sagte sie schließlich. »Vielleicht hätten wir keinen Ärger an der Backe, wenn ich meinen Mund gehalten hätte. Aber ich habe lieber Ärger an der Backe, als einen meiner Halunken im Stich zu lassen.«

Sie sah Marius mit ernstem, aber freundlichem Blick an.

»Glaub mir – was auch immer dieser Kalle plant, wir werden uns nicht unterkriegen lassen. Schließlich sind wir die Heuhaufen-Halunken. Schon vergessen?«

Marius atmete tief durch. »Vermutlich hast du Recht«, sagte er und ließ seinen Blick durch das Zimmer schweifen. Dort waren Alfons, Schorsch, Knolle, Lotte und Meggy. Die besten Freunde, die man sich vorstellen konnte. Sie waren füreinander da. Und daran konnte Kalle nichts ändern.

Er schwang sich von seinem Sessel und holte einen großen Stapel Brettspiele aus einem Regal.

»Wie wäre es mit einem richtig schönen Spieleabend?«, schlug er vor.

Dafür waren die Halunken sofort zu begeistern. Und nachdem sie auch noch eine ordentliche Ladung Knabberzeug organisiert hatten, vergaß auch Marius für den Rest des Abends Kalle und seine Großstadt-Gang.

Am nächsten Morgen wurde Meggy von einem Sonnenstrahl geweckt, der durch einen Rolloschlitz direkt in ihr Auge schien. Sie brauchte eine Weile, um zu begreifen, dass sie nicht in ihrem Zimmer in Dümpelwalde war, sondern bei Marius in Berlin. Sie teilte sich ein Zimmer mit Schorsch, der seine Bettdecke bis zum Kinn gezogen hatte und leise schnarchte. Alfons und Knolle schliefen im Zimmer nebenan und Lotte hatte gemeinsam mit ihrer Mutter ein Zimmer im Dachgeschoss bezogen. Das Haus von Marius' Eltern war so groß, dass locker noch fünf weitere Gäste Platz gefunden hätten.

Der Spieleabend war ziemlich lang gewesen und vor allem ziemlich lustig. Die Kinder hatten alle Bauchschmerzen vom vielen Lachen und den vielen Knabbereien bekommen. Besonders lustig war es, als sich Knolle Erdnussflips in die Nasenlöcher und die Ohren gestopft hatte und wie ein wild gewordenes Monster durchs Zimmer getorkelt war. Er hatte den Mund voller Chips gehabt und dabei versucht wie ein Monster zu brüllen. Dabei flogen ihm dauernd Chipskrümel aus dem Mund, die sich im ganzen Zimmer verteilten.

»Da wird sich Henriette aber freuen!«, hatte Marius gesagt und Knolle hatte anschließend so heftig zu lachen angefangen, dass ihm die Flips aus der Nase geflogen sind. Danach hatten alle johlend auf dem Boden gelegen. Später hatte Alfons den anderen Halunken etwas von seinen Breakdance-Künsten gezeigt. Dazu hatte er Hip-Hop-Musik aufgelegt und war mit akrobatischen Drehungen über den Fußboden gefegt. Die anderen waren schwer beeindruckt, und Meggy hatte das Gefühl, dass sich Alfons seit seinem Umzug nach Berlin verändert hatte. In Dümpelwalde hatte er sich nie für Musik interessiert, geschweige denn fürs Tanzen. Aber es war einfach toll zu sehen, wie viel Spaß ihm das machte. Es schien ihm hier in Berlin richtig gut zu gehen und das freute Meggy. Alles in allem war es der schönste Abend, den sie seit Langem erlebt hatte.

Zufrieden grinsend zog sie den Rollladen hoch, um noch etwas mehr Sonne ins Zimmer zu lassen. Der Frühling würde den Winter nun endgültig vertreiben und Meggy freute sich riesig auf die bevorstehenden warmen Monate.

Schorsch wurde nun auch wach und richtete sich auf seiner Matratze auf. Doch Meggy konnte nicht glauben, was sie da sah: Schorsch hatte tatsächlich noch seine Boxhandschuhe an.

»Das ist jetzt nicht dein Ernst!«, sagte sie und zeigte auf Schorschs Fäuste.

»Die habe ich zu Hause auch immer an«, sagte er, als sei es das Normalste auf der Welt.

»Die sind irre bequem und ich bekomme darin nie kalte Finger.«

Meggy schüttelte den Kopf. »Du spinnst wirklich ...«

Doch bevor sie sich weiter über ihren Bruder wundern konnte, klopfte es an der Tür.

Kurz darauf lugte Marius ins Zimmer.

»Guten Morgen, ihr Langschläfer«, sagte er und der Duft von Kakao und frischen Brötchen wehte vom Flur in den Raum. »Es gibt Frühstück!«

Nachdem sie sich im Eiltempo angezogen hatten, saßen die Halunken wenig später an einem reich gedeckten Tisch.

»Das ist ja wie im Hotel«, schwärmte Lottes Mutter, als sie Rühreier mit Speck und die große Auswahl an Marmeladen erblickte. Es gab sogar Pancakes, Obstsalat und Croissants.

»Oh, da fällt mir was ein!«, sagte Meggy und rannte schnell in ihr Zimmer, um anschließend mit einem kleinen Päckchen zurückzukommen, das sie Marius' Eltern überreichte. »Das ist von meiner Mutter!«

»Och, wie nett«, sagte Marius' Mutter begeistert, als sie das kunstvoll verzierte Glas mit Apfelgelee aus der Geschenkverpackung nahm.

»Ist selbst gemacht«, fügte Meggy stolz hinzu. »Aus Dümpelwalder Äpfeln.«

Nachdem sich Marius' Mutter tausendmal bedankt hatte, konnten sie endlich mit dem Frühstück beginnen. Obwohl die Kinder die Bäuche noch voller Erdnussflips und Chips hatten, schlugen sie ordentlich zu. Allen voran natürlich Knolle. Vor lauter Begeisterung über all die tollen Sachen auf dem Tisch war er einfach sprachlos. Gerade als er sich sein drittes Croissant mit Butter und Schokocreme bestrichen hatte, ertönte von draußen ein lauter, entsetzter Schrei.

»Das war Henriette«, sagte Marius' Vater und rannte sofort in den Garten.

Die anderen folgten ihm und erblickten draußen eine völlig fassungslose Haushälterin, die blass und zitternd auf den Swimmingpool zeigte.

Die Plane war beiseitegeschoben und da, wo gestern noch das Wasser türkisfarben schimmerte, befand sich nun eine riesige Menge blubbernder Schaum, der ziemlich stark nach Waschmittel roch. Doch damit nicht genug. An die kleine Mauer neben dem Wintergarten war eine Botschaft in leuchtenden Buchstaben gesprüht, die die Heuhaufen-Halunken erschaudern ließ:

VERZIEHT EUCH AUS UNSEREM REVIER,
SONST WAR DAS HIER ERST DER ANFANG!!

»Was hat das zu bedeuten?«, fragte Marius' Vater.

Marius wusste sofort, was das zu bedeuten hatte. Es bestand kein Zweifel, dass Kalle und seine Bande dahintersteckten. Er sah Meggy und die anderen Halunken an. Auch sie wussten natürlich, dass das die Rache für die Streiterei am Vortag war.

»Dieser elende Kerl«, seufzte Marius.

»Hast du mir vielleicht was dazu zu sagen?«, bohrte Marius' Vater ungeduldig nach und er war offensichtlich ziemlich sauer.

Marius wurde rot und suchte nach den passenden Worten,

VERZIEHT EUCH AUS UNSEREM REVIER, SONST WAR DAS HIER ERST DER ANFANG!!

aber ihm wollte einfach nichts einfallen. Er starrte schweigend auf das schäumende Schwimmbecken.

»Na gut«, fuhr sein Vater fort. »Dann rufe ich jetzt die Polizei.«

Die Kinder sahen ihn erschrocken an.

»Ich hole Ihnen schnell das Telefon«, sagte Henriette und warf den Halunken einen strengen Blick zu, bevor sie im Haus verschwand.

»Die Polizei wird nicht nötig sein«, sagte Meggy schließlich. »Wir kennen die Kinder, die das gemacht haben.«

Marius' Vater wurde hellhörig.

»Geben Sie uns 24 Stunden Zeit, um die Sache in Ordnung zu bringen«, fuhr Meggy fort. Ihre Stimme klang dabei fest und entschlossen, und ihr Blick verriet, dass sie nun voll und ganz im Ganoven-Modus war.

Der Vater sah sie überrascht an. Das alles kam ihm gerade vor wie in einem Gangsterfilm. Nur dass die Hauptdarsteller in diesem Fall Kinder waren.

»Das hier ist eine ernste Sache«, entgegnete er und schielte immer wieder hektisch auf seine Armbanduhr, die im Morgenlicht glitzerte. Er hatte in einer halben Stunde einen wichtigen Termin im Büro und müsste eigentlich längst unterwegs sein. »Bei dieser Form von Sachbeschädigung muss man die Polizei einschalten.«

»Immer mit der Ruhe«, besänftigte ihn Marius' Mutter. »Solche Kinderstreiche sollten dir doch eigentlich bekannt vorkommen.« Sie legte lächelnd eine Hand auf seine Schulter. »Wenn ich daran denke, was deine Mutter Hertha mir schon so alles erzählt hat ...«

Die Heuhaufen-Halunken verstanden kein Wort, doch Marius' Vater schien sich etwas beruhigt zu haben. Er kratzte sich am Kinn, blickte erneut auf seine Uhr und räusperte sich.

»Also gut«, sagte er zögerlich. »24 Stunden. Und keine Minute länger.«

Dann drückte er seiner Frau einen Kuss auf die Backe, verabschiedete sich und machte sich auf den Weg in seine Firma.

»Hier ist das Telefon!«, rief ihm Henriette hinterher.

»Danke, aber das wird vorerst nicht nötig sein!«

Marius' Mutter grinste zufrieden und flüsterte Meggy ins Ohr: »Endlich ist hier mal was los!«

Kapitel 7

Droht dir ein Feind mit arger List,
brauchst du nur ’ne Menge Mist

Wenig später saßen die Heuhaufen-Halunken in ihrem neuen Bandenquartier.

Knolle hatte sich noch eine große Ladung Leckereien vom Frühstücksbuffet eingepackt und schob sich genüsslich zwei Pancakes in den Mund.

»Ich fasse immer noch nicht, was da gerade abgelaufen ist!« Marius schüttelte verwundert den Kopf. »Ich hab echt gedacht, dass mein Vater jeden Moment die Polizei ruft. Und meine Mutter schien das alles auch noch lustig zu finden.«

»Ja, Erwachsene sind manchmal sehr eigenartig«, bestätigte Meggy. Dann holte sie ihr Notizbuch hervor und sah ihre Bandenmitglieder erwartungsvoll an. »So wie es aussieht, stecken wir nun mitten in einem neuen Abenteuer. Wir brauchen also dringend einen Plan, wie wir Kalle und seiner Minibande eins auswischen können!«

Die Halunken dachten angestrengt nach. Zumindest versuchten sie es. Es schien, als benötigten sie all ihre Energie für die Verdauung von Erdnussflips und Frühstücksleckereien. Die Bäuche waren voll, die Köpfe komplett leer.

Meggy machte das ganz hibbelig. Ungeduldig lief sie in dem kleinen Häuschen hin und her.

Die Minuten verstrichen ohne Ergebnis und Meggy vermutete mittlerweile, dass ihre Einfallslosigkeit damit zusammenhing, dass sie nicht in Dümpelwalde war. Funktionierte ihr Gangsterhirn etwa nur, wenn ihr frische Landluft um die Nase wehte? Sie war kurz davor zu platzen.

»Das gibt's doch gar nicht! Uns muss doch was einfallen! So ein Mist!«, zischte sie und stampfte dabei mit ihrem Fuß so fest auf, dass das kleine Häuschen bedenklich wackelte.

Marius durchzuckte es plötzlich, als hätte ihn ein Blitz getroffen.

»Mist – genau das ist es!«, rief er triumphierend.

Die anderen Halunken sahen ihn entgeistert an.

Dann erläuterte Marius mit funkelnden Augen seine Idee: »Kalle ist auf unser Grundstück vorgedrungen und hat es verwüstet. Das Gleiche machen wir nun mit seinem Quartier. Aber auf gute alte Dümpelwalder Weise.«

Er erntete ratlose Blicke.

»Wie genau stellst du dir das vor?«, fragte Meggy.

Marius fuhr fort: »Bertil, ein Junge aus unserer Klasse, wohnt auf einem Bauernhof etwas außerhalb der Stadt. Seine Eltern wollten unbedingt, dass er unsere Schule besucht, weil sie selbst dort ihre Schulzeit verbracht hatten. Er ist deshalb jeden Tag ziemlich lange mit dem Bus unterwegs, aber das ist ja jetzt egal. Jedenfalls könnten wir von ihm bestimmt 'ne Ladung Mist – oder halt, besser noch – stinkende Gülle bekommen, die wir Kalle und seinen Leuten ins Bandenquartier kippen. Anschließend bewerfen wir sie so lange mit Pferdeäpfeln, bis sie

sich ergeben und sich bereit erklären, den Pool und unsere Hauswand zu reinigen.«

Meggy sah Marius skeptisch an. Zwar gefiel ihr die Idee, die Sache in guter alter Bauerntradition zu lösen, aber sie kannte Kalles Quartier überhaupt nicht und konnte daher nicht einschätzen, ob die Sache überhaupt funktionieren würde.

»Was sagt ihr dazu?«, fragte sie Alfons, Schorsch, Knolle und Lotte, die immer noch schweigend dasaßen.

»Hmpf, also iff finf's gut!«, schmatzte Knolle mit einem Salamibrötchen in der Hand.

»Wahrscheinlich fällt uns ohnehin nichts Besseres ein«, brachte es Alfons auf den Punkt.

Schorsch hätte sich zwar lieber mit der Taekwondo-Tussi geprügelt, aber das hätte ja nichts gebracht. Er stimmte daher für den Plan von Marius. Genauso wie Alfons und Lotte.

»Also gut«, fasste es Meggy zusammen. »Kippen wir ihnen also einen Ladung Gülle in ihre gute Stube. Das Problem ist nur: Wie bekommen wir das Zeug hierher?«

Doch auch daran hatte Marius gedacht. »Bertils großer Bruder hat einen Führerschein. Wir müssen ihn nur dazu bringen, uns den Kram mit dem Traktor zu liefern.«

»Schön und gut, aber wieso sollte er das machen?«, fragte Meggy.

»Bertil hat mal erzählt, dass sein Bruder total auf Computerspiele und Konsolen steht. Ich biete ihm einfach meine nagelneue Playstation als Bezahlung an.«

Meggy musste plötzlich schmunzeln. Da war sie nun mitten in Berlin, und Stadtkind Marius organisierte eine Ladung Gülle, die ihnen ein Computerspiele zockender Typ quer durch die Stadt liefern sollte. Wenn ihr das jemand vor ein paar Monaten erzählt hätte, hätte sie ihn für verrückt erklärt. Aber seit sie Marius kennengelernt hatte, war sie sich ohnehin nicht mehr sicher, ob ihre Vorstellung von Stadtkindern und Dorfkindern nicht sowieso komplett falsch war. Selbst Alfons war ja mittlerweile zu einem halben Stadtkind geworden. Auch Marius' Vater stammte ursprünglich aus Dümpelwalde, wohnt nun aber in einer schicken Villa in Berlin. Und sie selbst? Sie träumte von einer Ganoven-Zukunft in San Francisco. Vielleicht spielte es tatsächlich einfach keine große Rolle, wo man herkam.

»Also gut«, sagte Meggy schließlich und öffnete ihr Notizbuch. »Der Plan ist hiermit beschlossene Sache!«

Operation Gülle-Attacke – Phase 1

Das Hauptquartier von Kalle und seinen Kumpanen wird mit Gülle geflutet.

Diese Rache wird bis zum Himmel stinken.

Erledigen:

- Marius organisiert die Gülle und eine Ladung Pferdeäpfel bei Bertil
- Er stellt seine neue Playstation als Bezahlung zur Verfügung (vielen Dank!)
- Der Pferdeäpfel-Beschuss soll Kalle dazu bringen, den Pool und die Hauswand zu reinigen

Wichtig: Wir haben nur 24 Stunden Zeit (mittlerweile sind es nur noch 23 – uaaah!)

Sobald Meggy das Notizbuch geschlossen hatte, rannte Marius ins Haus, um seine Klassenliste mit den Telefonnummern zu holen. Kurz darauf saß er von den Halunken umzingelt in dem roten Holzhäuschen und hielt sich erwartungsvoll das Telefon ans Ohr. Alle sahen ihn gespannt an. Nach wenigen Augenblicken hatte er Bertils Mutter am anderen Ende.

»Hallo, hier ist Marius aus Bertils Klasse … ist Bertil da?«

Sein Gesicht hellte sich auf und er nickte den anderen zu.

»Ja, ich warte, danke!«

Es dauerte einen Moment, bis Bertil ans Telefon kam. Marius stellte das Gespräch laut, sodass die anderen Halunken alles mitbekamen.

»Hi Bertil, alles klar?«

»Hi Marius! Ja … alles klar. Was ist mir dir los? Du hast mich noch nie angerufen.«

»Ich weiß«, antwortete Marius. »Ich rufe an, weil ich, ähm, weil wir deine Hilfe brauchen!«

»Wer ist denn *wir*?«, bohrte Bertil nach.

»Na, die Heuhaufen-Halunken!«

»Die *was*?« Bertil musste lachen. »Ist das hier ein Telefonscherz?«

»Nein – hör zu. Es geht um Leben und Tod!« Marius hatte das Gefühl, dass er etwas übertreiben musste, damit Bertil ihn ernst nahm. Dann erklärte er ihm die Sache mit Kalle, dem Swimmingpool und dem Plan der Halunken.

»Coole Idee!«, meinte Bertil. »Warte kurz, ich hole meinen Bruder ans Telefon.«

Kurz darauf drang eine tiefe, gelangweilt klingende Stimme aus dem Hörer.

»Was willst du, Knirps? Ich hab keine Zeit für irgendwelchen Kinderkram ...«

Doch als Marius Bertils Bruder von der neuen Playstation und den dazugehörigen Spielen erzählte, wurde dieser hellhörig. Und die Heuhaufen-Halunken hatten Glück. Bertils Bruder musste heute ohnehin noch eine große Ladung Gülle nach Berlin in eine Biogas-Anlage fahren. Da könnte er einen kleinen Umweg zu Kalle einplanen und einen Teil der Gülle dort ablassen. Nur mit den Pferdeäpfeln könnte es schwierig werden.

Als Marius ihm jedoch einen zweiten Controller für die Playstation anbot, war auch das kein Problem mehr.

Bertils Bruder versprach am frühen Nachmittag mit dem Traktor bei Marius vorbeizukommen, um dann mit den Halunken zu Kalles Quartier zu fahren. Zur Sicherheit tauschten sie noch ihre Handynummern aus, falls es Verzögerungen geben sollte. Der Plan lief also wieder einmal wie geschmiert.

Die Halunken konnten jedoch nicht ahnen, dass Henriette das Telefonat im Haus am zweiten

Apparat mitgehört hatte. Die Haushälterin hatte den Kindern von Anfang an nicht getraut und ihr Verdacht wurde nun bestätigt: Hier lief eine ganz faule Sache!

Kapitel 8

Willst du in Ruhe Pläne machen, lass es vorher richtig krachen

»So, Kinder, macht euch fertig! Wir wollen uns die Stadt anschauen«, rief Marius' Mutter kurz darauf in den Garten. Sie trug so schicke Klamotten, dass man meinen könnte, sie sei auf dem Weg zu einer Hochzeitsfeier. Lottes Mutter stand in ihren normalen Alltagsklamotten daneben und kam sich vor wie eine graue Maus.

»Oh nein – das hatte ich komplett vergessen«, sagte Marius und schlug sich mit der flachen Hand an die Stirn. »Meine Mutter hat das totale Touristenprogramm für uns geplant: Brandenburger Tor, Reichstagskuppel, Alexanderplatz, Shopping und Zoo!«

»Dann sind wir aber bis zum frühen Nachmittag, wenn Bertils Bruder kommt, sicherlich nicht zurück, oder?«, fragte Meggy.

Marius schüttelte den Kopf. »Ich muss Mama irgendwie klarmachen, dass wir nicht mitkommen können.«

Die Halunken kletterten aus ihrem Quartier und rannten zur Villa.

»Da seid ihr ja«, sagte Marius' Mutter lächelnd. »Dann lasst uns mal losziehen – wir haben viel vor!«

»Wir wollen doch lieber hierbleiben!«, entgegnete Marius und die anderen Halunken stimmten ihm nickend zu. »Wir haben uns so lange nicht gesehen und spielen gerade so schön in meinem Holzhäuschen. Und danach müssen wir uns doch noch um die Sachen mit dem Pool und der Mauer kümmern.«

»Tja, schade«, sagte seine Mutter etwas enttäuscht. »Aber das kann ich natürlich verstehen.«

Sie wandte sich an Lottes Mutter: »Dann wird aus unserer kleinen Shoppingtour wohl leider nichts.«

Lottes Mutter seufzte und ließ die Schultern hängen. Sie hatte sich so darauf gefreut, durch die Geschäfte zu ziehen.

Plötzlich mischte sich Henriette in das Gespräch ein. Sie

stand in der Tür zum Wintergarten und hüstelte. »Ähm, Madame – die Kinder können gerne hierbleiben. Ich bin ja da und passe auf sie auf. Dann können Sie beide in aller Ruhe shoppen gehen und die Stadt anschauen.«

Marius wunderte sich sofort über Henriettes Freundlichkeit. Normalerweise hasste sie es, auf ihn aufzupassen. Aber ihr Angebot sorgte dafür, dass die Halunken zu Hause bleiben und ihren Plan durchführen konnten.

»Das ist eine tolle Idee, Henriette«, sagte Marius' Mutter und Lottes Mutter strahlte nun über beide Ohren. Eine

Shopping-Tour in Berlin – und dann auch noch ohne Kinder –, das war wie Geburtstag und Weihnachten zusammen.

Wenig später brausten die beiden Frauen mit dem schicken Sportwagen von Marius Mutter vom Hof. Die Luft war also rein und der Operation »Gülle-Attacke« stand nun nichts mehr im Weg. Vorausgesetzt Bertils Bruder hielt sich an die Abmachung.

»Wo befindet sich eigentlich das Quartier von Kalle?«, fragte Meggy, als die Kinder wieder im Holzhäuschen saßen, um in aller Ruhe über ihren Halunken-Plan zu sprechen. Dass sie dem Plan zugestimmt hatte ohne zu wissen, wo das Ganze stattfinden sollte, passte eigentlich gar nicht zu ihr. Aber das hier war Berlin, die Stadt, in der Marius lebte. Und Meggy vertraute ihm voll und ganz.

»Ein paar Straßen weiter gibt es ein verwuchertes Grundstück, auf dem vor ein paar Jahren jemand angefangen hat zu bauen«, flüsterte Marius. »Dem Besitzer ging dann aber das Geld aus und seitdem stehen dort nur ein paar halbfertige Mauern, vergammeltes Baumaterial und ein alter Bauwagen. Und dieser Bauwagen dient Kalle und seiner Bande als Quartier.«

Meggy notierte alles fein säuberlich in ihrem Notizbuch.

»Wieso flüsterst du eigentlich?«, fragte sie und unterstrich das Wort Bauwagen mit kräftigen Strichen.

»Ich traue Henriette nicht«, sagte Marius und blickte vorsichtig aus dem Fenster. »Sie hat sich noch nie freiwillig bereit erklärt auf mich aufzupassen. Wir sollten sie unbedingt im Auge behalten.«

Auch das notierte Meggy in ihrem Notizbuch, auch wenn es eigentlich nichts mit dem Plan zu tun hatte. Aber als erfahrene Bandenchefin wusste sie, dass man mit allem rechnen musste. Und dass selbst das kleinste Detail irgendwann mal wichtig werden konnte. Außerdem kam ihr diese Henriette auch eigenartig vor.

»Was machen wir so lange, bis Bertils Bruder hier mit der Gülle auftaucht?«, fragte Alfons schließlich. Immerhin dauerte es noch ein paar Stunden, bis sie ihren Plan würden ausführen können.

»Am besten schleichen wir uns schon mal an Kalles Quartier heran und schauen, wie wir da mit dem Traktor reinkommen«, schlug Meggy vor und kratzte sich am Kinn. »Wenn wir uns zu sechst heranpirschen, ist das aber vielleicht zu auffällig.«

»Außerdem wird Henriette uns nicht aus den Augen lassen«, gab Marius zu bedenken.

Meggy dachte nach und ihre Augen wurden dabei zu schmalen Schlitzen. Ihr berüchtigter Gangsterblick verriet, dass ihr Gehirn gerade auf Hochtouren lief.

Dann zückte sie erneut ihr Notizbuch und erklärte den anderen Halunken, was nun zu tun war:

Operation Gülle-Attacke – Phase 2

Stand der Planung:

- Bertils Bruder bringt gegen Nachmittag Gülle und Pferdeäpfel
- Die beiden Mütter sind auf Shopping-Tour
- Das Quartier von Kalle befindet sich in einem alten Bauwagen

Nächste Schritte:

- Quartier von Kalle ausspionieren (Marius und Meggy)
- Alfons, Knolle, Schorsch und Lotte lenken Henriette ab

Wichtig:

- Henriette verhält sich eigenartig – im Auge behalten!!!

Damit Marius und Meggy ohne das Wissen von Henriette Kalles Quartier auskundschaften konnten, musste die Haushälterin abgelenkt werden. Und das war nun wirklich überhaupt kein Problem. Die Kinder mussten sie einfach nur auf Trab halten.

Alfons latschte zunächst mit seinen vom Garten dreckigen Schuhen durch den Wintergarten und verteilte dabei viele kleine braune Klumpen.

Schorsch trainierte auf der Terrasse Schattenboxen und stieß dabei mehr oder weniger aus Versehen einen Blumenkübel um, der mit lautem Scheppern auf den Boden donnerte. Knolle bettelte auf Nerven zerreißende Weise, dass Henriette ihm noch eine Portion Eier mit Speck zubereiten sollte, weil er doch so einen großen Hunger hatte und das Frühstück mittlerweile ja auch schon mehr als eine Stunde zurücklag. Lotte schnappte sich währenddessen

das letzte Croissant aus der Küche und zerbröselte es seelenruhig auf der Sofalandschaft im Wohnzimmer.

Schimpfend und fluchend rannte Henriette durch die Gegend und versuchte das Chaos in den Griff zu bekommen. Sie bereute es zutiefst, Marius' Mutter angeboten zu haben, auf die Kinder aufzupassen. Dieses Pack war schlimmer, als sie befürchtet hatte. Natürlich bemerkte sie in all dem Trubel nicht, dass Meggy und Marius bereits auf dem Weg zu Kalles Quartier waren.

Das Wetter war herrlich, und die Sonne blinzelte durch die vielen Bäume, die die Straßen des Viertels säumten. An diesem Samstagvormittag waren hier noch weniger Autos unterwegs als gestern. In der Innenstadt, in der sich die beiden Mütter zum Shoppen befanden, sah das natürlich ganz anders aus.

Nach wenigen Minuten erreichten Meggy und Marius ein Grundstück, das von knorrigen Bäumen und wild wachsenden Büschen umgeben war. Es passte so gar nicht in diese schicke Gegend, in der alle Gärten perfekt gepflegt waren.

»Lass uns außen herum gehen«, schlug Marius vor und sie ließen die Hauptzufahrt zu dem Grundstück links liegen. Nach ein paar Metern blieb Marius abrupt stehen.

Er schob ein paar Äste beiseite und winkte Meggy herbei.

»Von hier aus kann man den Bauwagen sehen«, flüsterte er.

Meggy erblickte den blauen Anhänger, der inmitten von vermodertem Baumaterial stand und verlassen wirkte. Hinter dem Bauwagen sah sie ein verrostetes Tor, das musste der Hintereingang sein.

»Lass uns das Tor mal näher anschauen«, schlug Meggy vor und die beiden schlichen sich kaum hörbar weiter.

Als sie das eiserne Tor erreichten und Meggy feststellte, dass es nicht verschlossen war, machte sich ein verschmitztes Grinsen in ihrem Gesicht breit.

»Die Sache wird ein Kinderspiel!«, flüstere sie und rieb sich siegessicher die Hände.

Kapitel 9

Ist die Arbeit erst getan, fängt man schon mal zu schnarchen an

Als Meggy und Marius zurückkamen, war Henriette gerade damit fertig geworden, die letzten Croissantkrümel aus den Sofaritzen zu saugen. Der Schweiß stand ihr auf der Stirn und das Dröhnen des Staubsaugers übertönte ihr Geschimpfe.

Alfons, Schorsch, Knolle und Lotte saßen im Holzhäuschen und waren zufrieden mit ihrer Arbeit. Henriette hatte tatsächlich nicht gemerkt, dass Meggy und Marius seit einer Weile weg waren. Nur Knolle schmollte enttäuscht, denn Henriette war noch nicht dazu gekommen, ihm die Portion Rührei mit Speck zuzubereiten. Außerdem war er sauer auf

Lotte, weil die das letzte Croissant zunichtegemacht hatte.

»Und, was habt ihr zu berichten?«, fragte Alfons, als Meggy und Marius wenig später das Holzhäuschen betraten.

»Läuft alles bestens!«, sagte Meggy zufrieden. »Die Gülle bekommen wir problemlos in Kalles Bude.«

Sie erzählte von dem verrosteten Tor auf der Rückseite des Grundstücks und der Zufahrt, die breit genug für einen ausgewachsenen Traktor war. Dann zog sie ihr Notizbuch hervor und erklärte den genauen Ablauf der Gülle-Attacke.

Operation Gülle-Attacke – Phase 3

Aufteilung in 2 Gruppen:

- Marius, Schorsch und Knolle warten in der Villa auf Bertils Bruder, anschließend Fahrt zu Kalles Quartier
- Sobald Bertils Bruder im Anmarsch ist, checken Alfons, Lotte und Meggy schon mal die Lage am Bauwagen

Angriff:

- Position: Hintereingang des Grundstücks / eisernes Tor
- Flutung des Bauwagens mit Gülle
- Danach: Überraschungsattacke mit Pferdeäpfeln
- Bei bedingungsloser Kapitulation der Gegner: Forderung, den Pool und die Wand zu reinigen

»Ich bin so gespannt auf Kalles Gesicht, wenn er merkt, dass seine Bude voll Gülle läuft«, sagte Schorsch und lachte. »Das ist wirklich der beste Plan seit Langem!«

»Hoffen wir nur, dass Bertils Bruder auch pünktlich liefert«, sagte Meggy und klappte ihr Notizbuch zu.

Den Rest des Vormittags verbrachten die Halunken mit Ballspielen. Alfons hatte kurzerhand die Sportart »Halunken-Bolzen« erfunden. Dabei handelte

es sich um eine Mischung aus Fußball und Völkerball. Es spielte jeder gegen jeden und man schoss nicht auf ein Tor, sondern man musste sich gegenseitig abschießen. Ein Schuss gegen die Beine gab einen Punkt und ein Schuss in den Bauch oder an den Rücken zwei. Marius' Garten war ideal dafür geeignet.

Es gab zwar keine große Wiese, aber jede Menge kleiner Rasenflächen, die von Wegen oder Büschen unterbrochen wurden. Man musste daher nicht nur darauf achten, dass einen der Ball nicht traf, sondern auch aufpassen, nicht mit dem Fuß in irgendeiner Hecke hängenzubleiben oder über einen kleinen Strauch zu stolpern. Das war wirklich nicht einfach und so lagen die Kinder ständig auf dem Boden oder flogen in hohem Bogen ins Gebüsch. Es war ein Riesenspaß!

Am Ende hatte Alfons die meisten Punkte gesammelt, dicht gefolgt von Schorsch, der durch sein Boxtraining eine unglaubliche Reaktionsgeschwindigkeit entwickelt hatte und im gesamten Spiel kein einziges Mal getroffen wurde. Auch Lotte wurde kein einziges Mal getroffen, was aber nur daran lag, dass sie sich kurz nach Beginn des Spiels in dem roten Holzhäuschen verschanzt hatte. Zuvor hatte sie Marius einen Schuss ans Bein verpasst und mit diesem Erfolg gab sie sich zufrieden.

Völlig außer Atem und mit grünen Flecken auf den Klamotten schleppten sich die Kinder anschließend in die Küche und plünderten das Getränkefach des Kühlschranks. Es gab Cola, Limo, alle möglichen Saftsorten und sogar einen Eiswürfelspender.

Als Henriette die Spur der Verwüstung im Garten und die schmutzige Kleidung der Kinder erblickte, war sie kurz davor in Ohnmacht zu fallen. Der Boden, den sie vor wenigen

Minuten gewischt hatte, war übersät von Dreckklumpen, Grashalmen und Blättern. Völlig fertig ließ sie sich auf einen Stuhl fallen und ihr Gesicht war plötzlich bleich wie ein Betttuch.

Knolle hielt ihr schnell ein paar Eiswürfel an die Stirn, was die Sache aber nicht besser machte. Sie zuckte kurz zusammen, verdrehte dann kunstvoll die Augen und schleppte sich mit letzter Kraft von der Küche auf das Sofa im Wohnzimmer. Innerhalb von wenigen Sekunden war sie erschöpft eingeschlafen.

»Ist sie tot?«, fragte Lotte erschrocken.

»Nein, ganz bestimmt nicht«, sagte Marius. »Die schnarcht doch wie ein Walross!« Er legte vorsichtig eine Decke über sie und verschloss die Wohnzimmertür. »Die sind wir für eine Weile los«, sagte er zufrieden.

Im nächsten Moment klingelte Marius' Smartphone.

»Das ist mein Vater«, sagte Marius und nahm das Gespräch entgegen.

»Nein, wir sind nicht mit Mama in die Stadt gefahren ... ja, ja ... hier ist alle klar.«

Marius lächelte die anderen Halunken an. »Ja, um den Swimmingpool kümmern wir uns wie versprochen ... Henriette? Die ist im Wohnzimmer und sägt wie ein Sägewerk, ääh … ich meinte, sie wäscht unseren Wäscheberg … ääh … nein, nein, du musst nicht kommen … alles gut!«

Alfons konnte sich nur mit größter Mühe verkneifen, laut loszulachen.

»Ja, … bis später«, verabschiedete sich Marius und atmete tief durch.

Sobald Marius aufgelegt hatte, prustete Alfons los. »Sie sägt wie ein Sägewerk«, wiederholte er und konnte sich kaum halten vor Lachen.

»Nicht so laut, oder willst du, dass das Sägewerk aufwacht«, sagte Meggy und schlug vor, nach draußen zu gehen.

Meggy spürte, dass es schon etwas wärmer geworden war. Die Sonne stand nun recht hoch über dem Haus und schien freundlich in den Garten. Ein paar Vögel zwitscherten vergnügt, und irgendwo in der Ferne bellte ein Hund, sonst war alles ruhig. Der Frühling war gekommen und Meggy war unendlich froh darüber.

Die Kinder ließen sich schweigend auf schick aussehende, aber furchtbar unbequeme Gartenmöbel auf der Terrasse plumpsen.

Meggys Blick fiel auf den schäumenden Swimmingpool

und dann auf die leuchtenden Buchstaben an der kleinen Mauer. »Ist gar kein Schreibfehler drin«, stellte sie fest und lächelte.

»Siggi Miesmann und seine Jungs hätten da mindestens drei Fehler reingemacht.«

Sie blickte auf ihre Armbanduhr und schätzte, dass es vermutlich nicht mehr lange dauern würde, bis Bertils Bruder mit dem Traktor auftauchte. Das Halunken-Bolzen war eine schöne Ablenkung gewesen, aber nun würde »Operation Gülle-Attacke« bald seinen Lauf nehmen.

Die Zeit, in der man darauf warten musste, dass es mit einem Plan so richtig losging, war immer die unangenehmste für die Halunken. Marius spürte ein mulmiges Gefühl in der Magengegend und Alfons wippte vor Aufregung nervös mit den Füßen. Knolle lenkte sich mit einem Schokoriegel ab und Lotte begab sich mit ihrem Zeigefinger auf Nasenexpedition.

Auch Meggy war nervös, aber sie wusste, dass das zum Ganovenleben einfach dazugehörte. Um sich Mut zu machen, ging sie in Gedanken noch mal den Plan durch. Aber so richtig gefiel ihr das alles nicht. Sie konnte es nicht ausstehen, wenn sie die Dinge nicht komplett in der Hand hatte. Und sie kannte ja weder Bertil noch seinen Bruder und von Kalle und seiner Bande wusste sie auch so gut wie nichts. Klar, sie hatten Marius, der sich hier bestens auskannte, aber sie selbst befand sich in fremdem Gebiet. In Dümpelwalde kannte sie jeden Grashalm, aber hier in dem schicken Wohnviertel in Berlin wusste sie weder gute Verstecke noch irgendwelche Fluchtwege. Aber es half alles nichts – sie mussten diesen Plan nun durchziehen. Und wenn Bertils Bruder sich an die Abmachung hielt, dürfte eigentlich nichts schiefgehen. Um auf andere Gedanken zu kommen, überlegte sie, was Marius' und Lottes Mutter wohl gerade machten. Bestimmt saßen sie in irgendeinem Café und unterhielten sich über Klamotten oder beobachteten die Leute, die an ihnen vorbeiliefen. So was machten Erwachsene doch am liebsten. Meggy hätte sich bestimmt nicht irgendwo langweilig hingehockt – Kaffee trinken konnte man schließlich auch zu Hause, dafür brauchte man ja nicht in eine große Stadt zu fahren.

»Ein bisschen mehr als dein Wohnviertel hätte ich schon gerne von Berlin gesehen«, sagte Meggy schließlich zu Marius und seufzte.

»Vielleicht können wir morgen früh in die Innenstadt

fahren«, schlug Marius vor. »Euer Zug geht doch erst am Nachmittag.«

Meggy nickte. »Jetzt bringen wir aber erst mal die Sache mit Kalle zu Ende.«

Wie auf Kommando klingelte plötzlich Marius' Smartphone.

»Das ist Bertils Bruder!«, sagte er aufgeregt und die Halunken sahen ihn gespannt an, während er das Gespräch annahm.

»... was ... schon in 10 Minuten? ... Ja, klar, ... wir sind bereit! Bis gleich.«

Alle waren plötzlich noch aufgeregter als ohnehin schon. Selbst Meggy hatte Mühe, einen klaren Kopf zu bewahren. Doch als Anführerin musste sie die Sache nun in die Hand nehmen.

Sie teilte die Halunken in die besprochenen zwei Gruppen auf. Marius, Schorsch und Knolle sollten hier am Haus auf Bertils Bruder warten, um dann anschließend mit ihm zu Kalles Quartier zu fahren. Alfons, Lotte und Meggy würden in der Zwischenzeit vorausgehen, um die Lage vor Ort zu checken.

»Was machen wir eigentlich, wenn die drei überhaupt nicht in ihrem Quartier sind?«, fragte Alfons plötzlich. »Dann können wir das mit dem Pferdeäpfel-Werfen vergessen.«

Meggy durchzuckte es. Sie wusste doch, dass sie irgendetwas übersehen hatte. An den Fall, dass Kalle und seine Möchtegern-Gang vielleicht gar nicht da waren, hatte sie einfach nicht gedacht. Panik stieg in ihr auf, und für einen kurzen Moment ärgerte sie sich, dass sie sich überhaupt auf Marius' Gülleplan eingelassen hatte.

»Egal was kommt, wir ziehen das jetzt durch!«, befahl sie den Halunken und meinte damit vor allem sich selbst.

Kapitel 10

*In der allergrößten Not
hilft oft nur noch Pferdekot*

Bertils Bruder fuhr exakt zehn Minuten nach dem Anruf mit dem Traktor vor. Das Fahrzeug war riesig und der Gülleanhänger noch viel riesiger. Bauer Kunze aus Dümpelwalde wäre begeistert gewesen. Dieser Traktor war pures Hightech, das Beste, was es derzeit auf dem Markt gab. Bertils Bruder öffnete die Tür der Fahrerkabine und brüllte gegen das laute Brummen des Motors an: »Bin ich hier richtig? Seid ihr diese ominösen Strohballen-Ganoven?«

»Wir sind die Heuhaufen-Halunken«, korrigierte ihn Marius. »Und ja – du bist hier richtig!«

»Na, dann springt mal rein!« Bertils Bruder machte eine

einladende Geste und hielt die Fahrertür auf. Marius stellte fest, dass der Bruder genauso aussah wie Bertil. Nur eben in Groß.

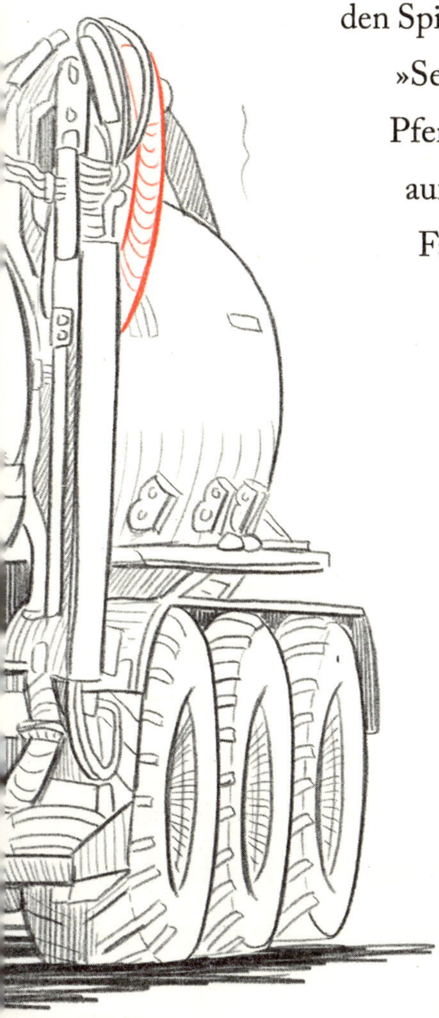

»Hier ist deine Bezahlung«, sagte Marius, nachdem er gemeinsam mit Schorsch und Knolle in die überraschend große Fahrerkabine des Traktors geklettert war. Er zeigte Bertils Bruder die Plastiktüte, in der sich die Playstation mit den Spielen und den Controllern befand.

»Sehr gut. Stell den Kram zu den Pferdeäpfeln«, sagte er und deutete auf zwei große Eimer hinter dem Fahrersitz.

Das Innere des Traktors glich einem Flugzeugcockpit. Es gab zwei Monitore, unzählige Knöpfe und Joystick-artige Hebel. Marius, Schorsch und Knolle quetschten sich auf die kleinen Sitzflächen neben und hinter dem Fahrersitz und staunten nicht schlecht. So ein Gefährt hatten sie noch nie gesehen. Und als

Bertils Bruder auf das Gaspedal trat, wurden sie förmlich in die Sitze gepresst. So hoch über der Straße zu sitzen fühlte sich ziemlich cool an. Die entgegenkommenden Autos wirkten von so weit oben ganz klein.

»Krümel mir ja nix voll hier!«, blaffte Bertils Bruder Knolle an, der nach wenigen Metern Fahrt bereits einen Schokoriegel aus der Tasche zog.

Nach zwei scharfen Kurven in dem für einen so großen Traktor recht engen Wohnviertel, wurde es Marius ziemlich flau im Magen. Das Geschaukel der Kabine und der Geruch der Pferdeäpfel taten ihr Übriges dazu. Knolle und Schorsch hingegen waren Landluft gewohnt und schienen die Fahrt richtig zu genießen.

Meggy, Alfons und Lotte waren in der Zwischenzeit bei Kalles Quartier angekommen. Völlig außer Atem standen sie an der Haupteinfahrt des verwucherten Grundstücks. Lotte hatte vom Rennen Seitenstechen bekommen und japste mit schmerzverzerrtem Gesicht nach Luft. Meggys Herz pochte wie wild, und das lag vor allem an der Aufregung, die sich in den letzten Minuten in ihr breitgemacht hatte. Nachdem die drei wieder einigermaßen Luft bekamen, schlichen sie sich

Richtung Hintereingang. Dass Kalle und seine Bande anwesend waren, wurde ihnen recht schnell klar. Laute Musik schallte aus dem Bauwagen über das verlassene Grundstück und ab und zu konnte man sie lachen hören.

Meggy fiel ein riesiger Stein vom Herzen. Alles konnte also wie geplant ablaufen.

»Bei dem Lärm können wir sie unbemerkt angreifen«, flüsterte sie zufrieden. Dann befahl sie Alfons und Lotte den Bauwagen im Blick zu behalten, während sie zurück zur Straße lief, um auf den Traktor zu warten.

Kurz darauf bog das Gefährt auch schon um die Ecke und Marius war sichtlich erleichtert, dass die Fahrt nun ein Ende hatte.

Meggy lotste Bertils Bruder links am Grundstück vorbei in die schmale Zufahrt zum Hintereingang. Der Traktor passte gerade so hindurch, und in den Bäumen, die den Weg säumten, knackten Äste, die sich in dem großen Gülleanhänger verfingen.

Kalles Bande saß immer noch ahnungslos im lärmenden Bauwagen, doch das sollte sich sehr bald ändern.

»Wo soll das Zeug denn jetzt hin?«, brüllte Bertils Bruder, als er aus der Fahrerkabine gesprungen war. Den Traktor hatte er direkt neben das rostige Tor geparkt. Meggy hielt ihren Zeigefinger vor den Mund, um Bertil zu signalisieren, dass er nicht so laut sein solle, und zeigte anschließend auf den Bauwagen.

Dann ging alles ganz schnell. Bertils Bruder zog einen dicken Schlauch aus dem Gülleanhänger und reichte ihn

Meggy. Die schlich sich durch das Tor und schob das Ende des Schlauchs in ein kleines, halb geöffnetes Fenster an der Rückseite des Bauwagens.

Sie hielt ihren Daumen hoch, woraufhin Bertils Bruder einen Hebel am Gülleanhänger betätigte. Wenige Sekunden später schoss die stinkende Flüssigkeit auch schon durch den Schlauch.

Es brauchte einen Moment, bis Kalle, Jamal und Miyu kapierten, was da in ihrem Bandenquartier gerade vor sich ging. Wie von der Tarantel gestochen sprangen sie schreiend aus dem Bauwagen. Ihre Schuhe und Hosen hatten eine ordentliche Ladung Gülle abbekommen und sie rannten wie kopflose Hühner über das verlassene Grundstück.

»Was sind denn das für Vögel?«, johlte Bertils Bruder und drehte die Gülle langsam wieder ab. Es reichte nun auch wirklich, denn die braune Soße plätscherte schon aus dem Eingang des Bauwagens heraus.

Nachdem sich Kalle wieder einigermaßen gefangen hatte, entdeckte er Meggy und die anderen Heuhaufen-Halunken.

»Ihr Schweinebacken! Ihr, ihr stinkenden Gülle-Gauner!«, brüllte er mit hochrotem Kopf. Auch Jamal und Miyu begriffen nun, was Sache war, und ihre Gesichter verfinsterten sich. Wütend stapften die drei auf die Halunken zu.

»Los, die Pferdeäpfel!«, rief Meggy.

Schorsch und Knolle holten daraufhin die beiden Eimer aus der Fahrerkabine des Traktors. Bertils Bruder hatte den Schlauch in der Zwischenzeit wieder am Gülleanhänger befestigt und sich dann sofort hinters Steuer gesetzt. Er hatte seinen Auftrag erledigt und wollte mit der ganzen Sache nun nichts mehr zu tun haben.

»Viel Spaß noch, ihr Strohballen-Ganoven!«, rief er und brauste davon.

Auf Meggys Kommando postierten sich die Heuhaufen-Halunken hinter dem rostigen Tor und feuerten dann mit aller Kraft die Pferdeäpfel auf Kalle, Jamal und Miyu.

Zunächst begriffen die drei Stadtkinder überhaupt nicht, mit was sie da beworfen wurden. Doch als Kalle eine der braunen Kugeln an die Backe bekam und ihm der Pferdeduft in die Nase zog, musste er würgen. In Kombination mit dem Güllegestank, der von seinen Schuhen nach oben stieg, war das wirklich nicht auszuhalten. Jamal und Miyu ging es da ähnlich. Doch irgendwann war die Wut der drei größer als der Ekel. Sie schnappten sich die Pferdeäpfel, die nun um sie herum verstreut auf dem Boden lagen, und warfen sie zurück in Richtung Heuhaufen-Halunken. Was nun folgte, war die wohl erste Pferdeäpfel-Schlacht in der Geschichte Berlins. Wie Schneebälle zischten die miefenden Kugeln durch die Luft, trafen mal einen der Halunken und dann wieder Kalle, Jamal oder Miyu. Es war ein hart umkämpftes Hin und Her, und es wurde gebrüllt, geschimpft und geschrien, bis sie alle keine Stimme mehr hatten. Und auch wenn die Kinder wussten, dass sie verfeindet waren, machte es ihnen doch auch irgendwie einen Riesenspaß.

Wenige hundert Meter entfernt kam zur gleichen Zeit Marius' Vater nach Hause und entdeckte zu seiner Verwunderung die schnarchende Henriette auf dem Sofa. Sofort ahnte er, dass hier etwas nicht stimmen konnte.

Kapitel 11

*Verlässt dich plötzlich mal die Kraft,
hast du vermutlich viel geschafft*

Marius' Vater entschied sich dafür, Henriette schlafen zu lassen. Die Haushälterin sah ziemlich fertig aus. Es gab ihm jedoch sehr zu denken, dass Henriette eine Pause eingelegt hatte, obwohl der Boden in der Küche völlig verdreckt war. Das sah Henriette gar nicht ähnlich. Normalerweise sorgte sie immer sofort für Ordnung und Sauberkeit. Als Marius' Vater die Kinder vergeblich im Garten suchte, sah er, dass auch dort alles ziemlich verwüstet war.

»Sehr eigenartig«, murmelte er und versuchte Marius auf dem Handy zu erreichen, jedoch ohne Erfolg. Im gleichen Moment fuhr der schicke Sportwagen von Marius' Mutter in die Einfahrt und die beiden Frauen stiegen lachend und mit Taschen bepackt aus.

»Ich hab schon lange nicht mehr so viel Spaß beim Shoppen gehabt!«, sagte Marius' Mutter und schloss mit einem seligen Lächeln die Haustür auf. Lottes Mutter hatte schon seit Betreten des ersten Ladens am Morgen ein Dauergrinsen im Gesicht. Sie würde diesen Monat ihr Konto zwar auf jeden Fall gnadenlos überziehen, aber die vielen tollen Sachen, die sie eingekauft hatte, waren es ihr wert.

»Danke noch mal, dass du mich zum Mittagessen eingeladen hast«, sagte sie zu Marius' Mutter, die sie zuvor in eines der schicksten Restaurants der Stadt geführt hatte. Der feine Geschmack des hervorragenden Espresso, den sie zum Nachtisch getrunken hatte, lag ihr immer noch auf der Zunge.

»Keine Ursache – gern gesch...« Weiter kam Marius' Mutter nicht, denn sie erblickte die verdreckte Küche und entdeckte kurz darauf Henriette im Wohnzimmer.

Sie hatte jedoch nicht so viel Mitleid mit der blassen Haushälterin, wie kurz zuvor Marius' Vater. Vorsichtig rüttelte sie an Henriettes Arm, die sofort zu schnarchen aufhörte und blitzartig aufschreckte.

Es war ihr unendlich peinlich, dass Marius' Mutter sie

während der Arbeitszeit schlafend auf dem Sofa vorgefunden hatte.

»Madame, ähh … das kann ich erklären«, stotterte sie und versuchte ihr Frisur zu richten, die vom Liegen ziemlich zerknautscht aussah.

»Diese Erklärung möchte ich auch gerne hören«, sagte Marius' Vater, der inzwischen aus dem Garten ins Haus zurückgekehrt war. »Vor allem möchte ich wissen, wo die Kinder sind!«

»Wie, die Kinder sind nicht da?«, fragte Marius' Mutter entsetzt. Und auch das Dauergrinsen von Lottes Mutter verwandelte sich schlagartig in einen sorgenvollen Blick.

»Aber bitte, Madame … keine Sorge«, versuchte Henriette die Situation zu beruhigen. »Ich, … äh, ich glaube, ich weiß wo sie sind ...«

Nachdem sich Henriette einigermaßen gesammelt hatte, erzählte sie von dem chaotischen Vormittag mit den Kindern, der Verwüstung im Garten, dem zerbröselten Croissant und dass das wohl alles etwas zu viel für sie gewesen war.

»Sehr bedauernswert für Sie«, sagte Marius' Mutter. »Aber wo bitte sind denn nun die Kinder?«

»Die sind mit einem Traktor auf dem Weg zu einem gewissen Kalle, um seinen Bauwagen mit Gülle zu verwüsten und Kalle selbst anschließend mit Pferdeäpfeln zu bewerfen.«

Marius' Eltern und Lottes Mutter sahen Henriette an, als wäre sie eine Außerirdische.

Marius' Mutter fasste ihr sogar vorsichtig an die Stirn, um zu prüfen, ob sie sich vielleicht in einem Fieberwahn befand.

»Sie müssen mir glauben – es ist genau so, wie ich es Ihnen erklärt habe!«, sagte Henriette. »Und wer weiß, was die noch vorhaben – vielleicht wollen die das ganze Stadtviertel mit ihren stinkenden Ideen ruinieren.«

Keiner der Erwachsenen konnte sich einen Reim auf das machen, was Henriette von sich gab. Ein Traktor beladen mit Gülle, Pferdeäpfel und ein Bauwagen – das klang alles völlig verrückt. Und wer sollte dieser rätselhafte Kalle sein?

Marius' Vater brauchte frische Luft, um klar denken zu können, und ging auf die Terrasse. Nachdem er noch drei weitere Male versucht hatte, Marius auf dem Handy zu erreichen, fiel sein Blick auf den schäumenden Pool und die Schrift an der Hauswand. Dann dachte er plötzlich an Meggys Worte von heute Morgen: »Geben Sie uns 24 Stunden Zeit, um die Sache in Ordnung zu bringen.«

»Diese Halunken«, sagte er und ließ sich auf einen der

Sessel auf der Terrasse sinken. Und obwohl er nicht wusste, was das alles zu bedeuten hatte, fing er plötzlich an zu grinsen.

Marius' Mutter dachte ebenfalls angestrengt über Henriettes Worte nach. Traktor, Gülle und Pferdeäpfel ergaben für sie überhaupt keinen Sinn. Aber dieser Bauwagen, der musste doch irgendwo zu finden sein. Plötzlich durchzuckte es sie wie ein Blitz. »Na klar!«, rief sie und zog sich sofort ihre Jacke über. »Ich glaube, ich weiß wo sie sind. Mir nach!«

Währenddessen war die Pferdeäpfelschlacht noch in vollem Gange. Die Kinder sahen aus, als hätten sie sich im Matsch gesuhlt und stanken fürchterlich. Doch das schien sie nicht zu stören. Jamal war sogar auf die Idee gekommen, die Pferdeäpfel in Gülle zu tauchen, bevor er sie auf die Halunken pfefferte. Miyu war besonders geschickt darin, die Äpfel direkt zu fangen und mit einem Affenzahn zurückzuschleudern. Kalle jedoch war mittlerweile ziemlich außer Puste und suchte Schutz hinter dem alten Baumaterial.

»Wie wäre es mit einer Feuerpause?«, rief Meggy schließlich und wischte sich den Schweiß von der Stirn.

»Gute Idee«, war aus der Ecke des Baumaterials zu hören.

Erschöpft ließen sich die Heuhaufen-Halunken auf den Boden sinken, und Jamal fiel augenblicklich um wie ein nasser Sack. Nur Miyu verharrte in Kampfhaltung und ließ die Gegner nicht aus den Augen. Sie traute dem plötzlichen Frieden nicht.

Nach dem Gebrüll der letzten Minuten kehrte jetzt eine eigenartig friedliche Ruhe auf dem verwucherten Grundstück ein. Lediglich das schwache Säuseln von Kalles altem Ghettoblaster im Bauwagen war zu hören. Das Gerät pfiff offensichtlich aus dem letzten Loch und verstummte dann schließlich mit einem komischen Gurgeln. Vermutlich war es nun komplett in der Gülle versunken und hatte seinen Geist aufgegeben.

Nach einem kurzen Moment der Stille fing Kalle plötzlich an zu lachen. Zuerst ganz leise, doch dann bekam er einen richtigen Lachanfall. Der war so herrlich ansteckend, dass kurz darauf auch Meggy und die Heuhaufen-Halunken zu johlen anfingen. Schließlich grölte auch Jamal mit und selbst Miyu konnte sich nicht mehr halten.

»Ihr stinkenden Halunken«, jaulte Kalle und hielt sich den Bauch. »Das muss man euch lassen, die Nummer mit der Gülle war echt der Hammer!« Er krümmte und kringelte sich und klatschte sich vor lauter Übermut einen Pferdeapfel auf den Kopf.

Nun gab es kein Halten mehr. Nach der ersten Pferdeäpfelschlacht Berlins folgte nun der wohl lustigste Gruppen-Lachanfall, den die Stadt je erlebt hatte. Das Gegröle und Gejaule war noch lauter als das Kampfgebrüll zuvor. Doch so schnell die gute Stimmung gekommen war, so schnell war sie auch wieder verschwunden. Denn plötzlich stand Dr. Heribert Krummbügel im Eingang des Grundstücks. Kalle erkannte ihn sofort. Schließlich war dieser offensichtlich sehr verärgerte Herr der rechtmäßige Besitzer des Bauwagens und des Fleckchens Erde, das nun so aussah, als ob gerade eine Herde Bisons darüber gefegt wäre …

»Was in aller Welt ist denn hier los?«, brüllte Krummbügel mit hochrotem Kopf und ließ seinen Blick über sein verwüstetes Grundstück schweifen.

»Los, wir hauen ab!«, rief Kalle, doch bei dem Versuch wegzurennen, rutschte er auf einem Pferdeapfel aus und Dr. Krummbügel packte ihn schließlich am Arm.

»Hier geblieben, Bürschchen!«, sagte er streng.

Jamal und Miyu wollten ihren Bandenchef nicht im Stich lassen und blieben in sicherer Entfernung stehen.

»Und – was machen *wir*?«, fragte Marius und blickte ängstlich zu Meggy. Hinter ihnen stand das rostige Tor offen und die Heuhaufen-Halunken hätten problemlos verschwinden können. Doch Meggy hatte das Gefühl, dass es ziemlich feige gewesen wäre nun abzuhauen. Immerhin waren es die Halunken, die die Gülle und die Pferdeäpfel herbeigeschafft hatten. Und auch wenn sie Kalle, Jamal und Miyu zunächst nicht hatte leiden können, verband sie doch eine Menge: Diese drei Stadtkinder waren genauso wie Meggy, Schorsch, Alfons, Knolle, Lotte und Marius eine Bande von Freunden. Sie waren aus dem gleichen Holz geschnitzt und das spürte Meggy in diesem Moment ganz deutlich.

»Wir bleiben hier«, sagte Meggy daher und die anderen Halunken sahen sie überrascht an.

»Es bleibt uns auch gar nichts anderes übrig«, sagte Marius schließlich und zeigte auf den Eingang des Grundstücks. Die vier Erwachsenen, die dort völlig außer Atem angerannt kamen, kannten die Kinder nur zu gut.

Kapitel 12

Weht der Wind dir mal entgegen,
folgt darauf nicht immer Regen

Marius' Eltern, Lottes Mutter und Henriette trauten ihren Augen nicht, als sie an dem verwucherten und völlig verwüsteten Grundstück ankamen. Marius' Mutter war zuvor eingefallen, dass sie mal bei einem Spaziergang den Bauwagen hinter ein paar Bäumen gesehen hatte, und sie hatte nun vermutet, dass sie die Kinder hier finden würden. Sie hatte Recht behalten, doch das Bild, das sich ihnen bot, verschlug ihnen die Sprache.

Inmitten von altem Baumaterial, dem Bauwagen, aus dem Gülle quoll, und unzähligen Pferdeäpfeln standen neun Kinder, die so verdreckt waren, dass man sie kaum voneinander unterscheiden konnte. An dem Arm eines Kindes hatte sich Dr. Heribert Krummbügel festgekrallt und schimpfte wie ein Rohrspatz. Ein leichter Wind wehte und blies den Erwachsenen einen beißenden Gestank entgegen.

»Hier sieht es aus wie auf einem Schlachtfeld«, fasste es Marius Mutter' treffend zusammen. Lottes Mutter rannte zu ihrer Tochter, die sie mühelos erkannte, weil sie die Kleinste von allen war. Trotz der Pferdeäpfelreste und der stinkenden Gülle auf ihren Klamotten drückte sie Lotte fest an sich und war überglücklich, sie zu sehen.

Dr. Heribert Krummbügel ließ Kalle los und wandte sich an Marius' Vater. »Haben sie eine Erklärung für dieses Chaos hier?«

»Ich nicht«, erwiderte Marius' Vater, »aber vielleicht können uns die Kinder das alles erklären.«

Er sah Marius erwartungsvoll an, doch der blickte betrübt zu Boden.

»Wir sind an allem schuld«, sagte Meggy schließlich. »Wir wollten uns an Kalle rächen.«

»Nein, wir sind an allem schuld«, widersprach Kalle. »Wir hätten euren Pool nicht mit Waschpulver vollkippen dürfen.«

»Ihr seid das gewesen?«, mischte sich Henriette empört

ein, doch Marius' Vater bat sie, sich da rauszuhalten: »Das klären wir in Ruhe, wenn wir zu Hause sind.«

Doch Dr. Krummbügel konnte sich nicht beruhigen: »Euer Kinderkram ist mir völlig egal. Aber irgendjemand wird für diesen Schaden hier aufkommen. Ich werde sofort meinen Rechtsanwalt einschalten!«

»Nur mal mit der Ruhe«, sagte Marius' Vater. »Wir werden das doch sicher auch anders regeln können.« Er drückte ihm seine Visitenkarte in die Hand und bat ihn, ihn am Abend anzurufen, um die Sache zu klären.

Missmutig steckte sich Dr. Krummbügel die Visitenkarte in die Tasche und hob anschließend bedrohlich einen Zeigefinger. »Das hier wird ein Nachspiel haben, darauf können Sie Gift nehmen«, brummte er und stapfte schimpfend davon.

»Was für ein Stinkstiefel«, sagte Marius' Vater und schüttelte den Kopf. »Und ihr miefenden Bälger seht erst mal zu, dass ihr diesen unerträglichen Gestank loswerdet und frische Klamotten bekommt«, wandte er sich an die Kinder, und es sah fast so aus, als huschte dabei ein kleines Lächeln über sein Gesicht.

»Dass ihr eben nicht einfach abgehauen seid, war echt klasse«, sagte Kalle zu Meggy, als sie sich auf den Nachhauseweg machten.

»Wir konnten euch mit dem Schlamassel hier ja schlecht alleine lassen«, entgegnete Meggy und Kalle grinste.

»Heißt das, wir begraben das Kriegsbeil?«, fragte er.

Meggy sah die anderen Heuhaufen-Halunken an, die zustimmend nickten. »O.k., von mir aus – fürs Erste zumindest.«

Dass die Villa von Marius' Eltern mehrere Badezimmer

hatte, war nun ein großer Vorteil. Und so saßen die Halunken wenig später in alter Frische und sauberen Klamotten auf dem Sofa im Wohnzimmer. Henriette brachten ihnen heiße Schokolade und eine Schüssel Kekse. Ihr Blick verriet, dass sie die Kinder nur sehr widerwillig bediente.

Marius' Eltern und Lottes Mutter setzen sich zu ihnen. Sie wollten nun in aller Ruhe die ganze Geschichte hören. Meggy erzählte von der ersten Begegnung mit Kalle und seiner Bande. Der überschäumende Pool und die besprühte Hauswand waren die Folge davon gewesen. Marius erzählte

dann von Bertil und dessen Bruder und der Idee mit der Gülle und den Pferdeäpfeln. Dass er dafür seine neue Playstation geopfert hatte, verschwieg er ebenfalls nicht. Schließlich gestanden die Kinder auch noch, dass sie Henriette mit dem verursachten Chaos im Garten und in der Wohnung ablenken wollten.

»Das … das ist ja die Höhe«, schnaubte Henriette entrüstet. Doch bevor sie sich noch weiter aufregen konnte, sah Marius' Vater sie streng an.

»Als meine Frau Sie heute Nachmittag fragte, wo die Kin-

der sind, haben Sie erzählt, dass sie auf dem Weg zu Kalle sind, um sein Quartier mit Gülle zu fluten. Woher wussten Sie das eigentlich so genau?«

Henriettes eben noch so strenge Stimme wurde nun klein und leise und ihr Gesicht wurde schlagartig blass.

»Ja, ähh, also« stotterte sie. »... das ist doch eigentlich völlig egal … nach all dem Chaos ...«

»Raus mit der Sprache!« Marius' Vater ließ nicht locker.

Henriette sah ein, dass sie die Wahrheit sagen musste. Schließlich gestand sie, dass sie das Telefonat von Marius und Bertil heimlich mitgehört hatte.

»Das ist nicht Ihr Ernst, oder?«, sagte Marius' Vater empört.

Auch Marius' Mutter war entsetzt. »Das ist ein Eingriff in unsere Privatsphäre. Das hätte ich Ihnen nie zugetraut!«

»Es tut mir so leid«, stammelte Henriette reumütig. Dann sah sie die Kinder an, die Kakao schlürfend auf dem Sofa saßen und dabei aussahen, als könnten sie keiner Fliege was zu Leide tun.

»Ich hatte einfach den Eindruck, dass diese Bengel … ähh, Kinder irgendwas im Schilde führten.« Sie sah bedrückt zu Boden. »Dabei bin ich dann wohl etwas zu weit gegangen.«

»In der Tat«, bestätigte Marius' Vater. Dann dachte er kurz

nach und flüsterte seiner Frau etwas ins Ohr. Auch sie dachte kurz nach und nickte dann schließlich.

»Am liebsten würde ich Sie direkt feuern«, sagte Marius' Vater in strengem Ton zu Henriette, die daraufhin zusammenzuckte. »Aber ...«, seine Stimme wurde ruhiger und freundlicher, »ich habe eine Idee, wie Sie das wiedergutmachen können. Vorausgesetzt Sie versprechen mir hoch und heilig in Zukunft Ihre Finger von unserem Telefon zu lassen.«

Henriette atmete erleichtert auf. »Natürlich, das verspreche ich!«

»Na, dann kommen Sie mal mit«, sagte Marius' Vater und führte sie auf die Terrasse.

Als Wiedergutmachung für ihr Abhörmanöver verbrachte Henriette den Rest des Tages damit, den Pool und die beschmierte Mauer zu reinigen. Natürlich wäre das eigentlich die Aufgabe von Kalle, Jamal und Miyu gewesen, doch Marius' Vater hatte eine bessere Idee. Er zog sich daher für eine Weile in sein Arbeitszimmer zurück, um einige Telefonate zu führen.

Marius' und Lottes Mutter tranken erst mal einen Latte

Macchiato und begutachteten dann ihre Einkäufe vom Vormittag, um sich von all der Aufregung etwas abzulenken.

Die Heuhaufen-Halunken selbst verzogen sich in das Holzhäuschen im Garten und überlegten, was nun wohl auf sie zukommen würde.

»Meinst du, wir bekommen viel Ärger von deinem Vater?« fragte Alfons.

Marius zuckte mit den Schultern. »Schwer zu sagen. Besonders wütend schien er nicht zu sein.«

»Die Frage ist eher, ob dieser Dr. Krummbügel seinen Rechtsanwalt einschaltet. Dann gibt es richtig dicke Luft«, meinte Schorsch.

Knolle kaute abwesend auf einem Müsliriegel und Lotte lehnte ihren Kopf müde gegen die Lehne der Eckbank.

Obwohl der Plan der Hauhaufen-Halunken im Großen und Ganzen geglückt war, herrschte jetzt eine bedrückte Stimmung in dem kleinen Holzhäuschen.

Meggy zog ihr Notizbuch hervor, überflog die letzten Einträge und notierte schließlich:

Operation Gülle-Attacke – Phase 4

Der Plan hat funktioniert. Bertils Bruder hat pünktlich und zuverlässig geliefert.

Kalles Quartier wurde mit Gülle geflutet.

Nach einer großartigen Pferdeäpfel-Schlacht wurde das Kriegsbeil mit Kalle und seiner Bande jedoch fürs Erste begraben. Die Reinigung des Pools und der Hauswand übernimmt Henriette, die als Spionin aufgeflogen ist.

Nächste Schritte:

- Herausfinden, ob man Kalle, Jamal und Miyu wirklich trauen kann

Probleme:

- Vermutlich bekommen wir noch eine saftige Strafe und werden vielleicht sofort zurück nach Dümpelwalde geschickt
- Dr. Krummbügel schaltet vielleicht seinen Rechtsanwalt ein, dann gibt es richtig Ärger

Mit einem lauten Seufzer klappte Meggy das Notizbuch zu. Dann sah sie in die Runde ihrer müden Bandenmitglieder. Als sie einen kleinen Rest Pferdeapfel an Schorschs Ohr erblickte, musste sie schmunzeln.

»Leute, auch wenn wir nicht wissen, wie die ganze Sache ausgeht – ihr habt heute wirklich tolle Arbeit geleistet. Ich bin stolz auch euch!«

Dann blickte sie aus einem der kleinen Fenster des Holzhäuschens Richtung Pool.

»Was haltet ihr davon, wenn wir Henriette ein bisschen helfen?«

Kapitel 13

Um den Kummer zu vergessen, hilft manchmal ein Abendessen

»So, dann lasst es euch mal schmecken«, sagte Marius' Mutter und öffnete die Pizzaschachteln, aus denen ein feiner Duft wehte, der Knolle das Wasser im Mund zusammenlaufen ließ. Da Henriette wegen der Poolreinigung keine Zeit zum Kochen gehabt hatte, hatte Marius' Mutter vorgeschlagen, Pizza zu bestellen.

Und so saßen alle an dem großen Tisch im Esszimmer, doch außer Knolle hatte keines der Kinder so richtig Appetit. Eine eigenartige Stimmung lag im Raum, da die Halunken immer noch nicht wussten, welche Konsequenzen die Sache mit Kalles Bauwagen nach sich ziehen würde. Obwohl sie ja eigentlich stinksauer sein müssten, lächelten Marius' Eltern, während sie die Pizza verteilten, und Lottes Mutter war einfach nur froh, dass es ihrer Tochter gut ging. Henriette schien immer noch etwas durch den Wind zu sein. Immerhin war sie heute knapp einer Kündigung entgangen.

Dass Meggy und die anderen ihr am Nachmittag noch beim Reinigen des Pools geholfen hatten, beruhigte die Stimmung zwischen ihr und den Kindern merklich. Ihr Blick war nun nicht mehr ganz so finster und ihr Verhalten schien ihr wirklich leid zu tun. Still knabberte sie an einem Stück Pizza mit Sardellen und Kapern, während ihre sonst so strenge Frisur leicht windschief vom Kopf abstand.

Als Knolle bereits die erste Pizzaschachtel geleert hatte, klingelte das Telefon. Marius' Vater hob ab und zog sich dann in sein Arbeitszimmer zurück. Meggy war sich sicher, dass Dr. Krummbügel am anderen Ende der Leitung war, und die Pizza blieb ihr plötzlich wie ein Kloß im Hals stecken. Sie fragte sich, ob es das Schicksal einer Ganovin war, immer Angst haben zu müssen, dass etwas schiefging und man dann Ärger von den Erwachsenen bekam? Warum hatten sie nicht einfach am Morgen mit Marius' und Lottes Mutter in die Stadt fahren können? Dann hätten sie das Brandenburger Tor gesehen, wären gemütlich durch den Zoo geschlendert und hätten vermutlich noch einen großen Becher Eis gegessen. Es wäre ein friedlicher Tag bei Sonnenschein geworden und alle wären froh und glücklich. Stattdessen saßen sie nun nach einem chaotischen Tag vor einem Haufen Pizza, der nach nichts zu schmecken schien, und bekamen vermutlich Ärger mit Dr. Krummbügels Rechtsanwalt.

Meggy ließ ihren Blick durch die Runde schweifen und sah in die blassen Gesichter ihrer Freunde, die nachdenklich auf ihren Pizzastückchen kauten – mal abgesehen von Knolle, dessen Gehirnzellen völlig auf die überbackenen Teigfladen konzentriert waren.

Nach einer halben Ewigkeit kam Marius' Vater schließlich zurück ins Esszimmer. Meggy versuchte seinen Blick zu deuten, aber sein Gesicht zeigte keinerlei Regung.

»Es gibt Neuigkeiten«, sagte er schließlich, nachdem er

sich an den Tisch gesetzt hatte. Dann räusperte er sich kurz und lächelte kaum merklich seiner Frau zu.

»Ich habe gerade mit Dr. Krummbügel gesprochen.« Als sie den Namen hörten, zuckten Meggy und die anderen Halunken kurz zusammen. »Er ist noch immer ziemlich sauer.«

Selbst Knolle ließ nun seine Pizza auf den Teller sinken und blickte Marius' Vater ängstlich an.

»Aber ich konnte ihn zum Glück beruhigen. Ich habe nämlich heute Nachmittag auch ein langes Gespräch mit Kalles Vater gehabt, der der Leiter des Bauamtes ist und mit dem ich oft beruflich zu tun habe.«

»Du kennst Kalles Vater?«, unterbrach ihn Marius verwundert.

»Ja«, fuhr er fort. »Und wir haben uns etwas überlegt, das die ganze Situation enorm beruhigen würde. Dr. Krummbügel wird seinen Rechtsanwalt daher nicht einschalten.«

Die Kinder atmeten erleichtert auf. Doch Meggy merkte, dass Marius' Vater noch nicht ganz fertig war.

»Was für eine Idee ist das denn?«, schob sie unsicher nach.

»Sagen wir es so – die Idee wird euch gefallen, aber es wird auch eine Menge Arbeit auf euch zukommen«, verriet Marius' Vater schmunzelnd. »Kalles Vater und ich werden

Dr. Krummbügel das verwilderte Grundstück abkaufen. Seine Baupläne hatte er ohnehin aufgegeben. Und damit dieses Grundstück endlich sinnvoll genutzt wird, werden wir dort eine Art Spielplatz errichten – mit Spielgeräten für kleinere Kinder und einem Basketballkorb und einer Skateanlage für die Größeren. So etwas scheint hier im Viertel ja dringend nötig zu sein.«

Die Gesichter der Kinder hellten sich auf. Damit hatten sie nun wirklich nicht gerechnet.

Marius sprang auf und fiel seinem Vater um den Hals.

»Moment, Moment«, fügte Marius' Vater noch hinzu. »So leicht kommt ihr natürlich nicht davon. Ich habe auch mit euren Eltern telefoniert.«

Meggy, Schorsch, Alfons, Knolle und Lotte blickten einander unsicher an.

»Damit ihr in den Sommerferien nicht wieder irgendwelche krummen Dinger dreht, werdet ihr ein paar Wochen hier bei uns in Berlin verbringen und ordentlich beim Bau des Spielplatzes mit anpacken müssen – gemeinsam mit Kalle, Jamal und Miyu!«

Für einen kurzen Moment war es still am Tisch. In den Köpfen der Kinder ratterte es, und es brauchte eine Weile,

bis sie verstanden, was das alles zu bedeuten hatte. Dann gab es kein Halten mehr. Die Halunken sprangen jubelnd auf, klatschten einander ab und tanzten durch das Esszimmer. Trotz der Arbeit, die sie natürlich mit dem Bau des Spielplatzes haben würden, war die Aussicht auf gemeinsame Sommerferien großartig! Sie würden eine tolle Zeit in der Villa von Marius' Eltern verbringen, jeden Tag in den Pool springen und Halunken-Bolzen im Garten spielen.

Meggy sah sich ihre Halunken an. Alles hatte sich zum Guten gewendet, und plötzlich wusste sie, dass alles genau so hatte kommen müssen. Sie freute sich nicht nur auf all die gemeinsamen Abenteuer, sondern auch darauf, endlich etwas von Berlin zu sehen. Das Brandenburger Tor, den Zoo und die eine oder andere Eisdiele. Doch darauf würde sie gar nicht bis zum Sommer warten müssen.

Kapitel 14

Willst du deinen Tag genießen, musst du einfach Frieden schließen

Obwohl die Halunken von dem chaotischen Tag und den aufregenden Neuigkeiten ziemlich platt gewesen waren, wurde es noch ein langer Abend. Gemeinsam mit Marius' Eltern, Lottes Mutter und sogar Henriette spielten sie noch lange im Wohnzimmer Brettspiele und sponnen die lustigsten Pläne, wie der Spielplatz auf dem verwilderten Grundstück später einmal aussehen könnte.

Am lustigsten aber war eine Geschichte, die Marius' Vater den Kindern kurz vor dem Schlafengehen erzählte. Denn lange vor den Heuhaufen-Halunken hatte es in Dümpelwalde schon einmal eine berüchtigte Kinderbande gegeben, deren Anführer doch tatsächlich Marius' Vater gewesen war. Gemeinsam mit Alfons' Vater, Knolles Mutter und mit Meggy und Schorschs Vater, den man den *Schrecken von Dümpelwalde* nannte, hatten sie das Dorf viele Jahre in Atem gehalten. Der größte Coup war ihnen einmal bei der Tombola des Dorffestes gelungen. Damals hatten sie heimlich alle Lose, die man beim Ortsvorsteher kaufen konnte, stibitzt und durch Nieten ersetzt. Bei der feierlichen Verlosung am Abend hatten sie dann die gemopsten Gewinnlose mitgebracht und zur Verwunderung der Dümpelwalder Bevölkerung, alle Gewinne abgesahnt. Der Hauptgewinn war eine Küchenmaschine gewesen, die Oma Hertha immer noch in Betrieb hatte. Natürlich wusste sie nicht, dass ihr Sohn sie damals nicht ganz rechtmäßig gewonnen hatte. Vielleicht würde Marius' Vater es ihr eines Tages einmal beichten.

Die Geschichte erklärte auf jeden Fall, wieso Marius' Vater bei der Sache mit dem Pool so entspannt geblieben war. Vermutlich hätte er mit seiner Bande damals genauso gehandelt wie die Heuhaufen-Halunken heute. Die Geschichte erklärte aber noch etwas: Dass Marius als Berliner Stadtkind ein Heuhaufen-Halunke wurde, war kein Zufall. Er führte mit Meggy und den anderen Halunken einfach nur das weiter, was ihre Eltern vor vielen Jahren begonnen hatten.

Obwohl die Halunken noch sehr müde vom langen Abend waren, standen sie am nächsten Morgen früh auf. Sie hatten an diesem Sonntag, der gleichzeitig der letzte Tag ihres gemeinsamen Wochenendes war, viel vor. Marius' Eltern hatten nämlich vorgeschlagen, das für den Vortag geplante Touristenprogramm nachzuholen. Damit sie mehr Zeit hatten, würde Marius' Vater die Gäste aus Dümpelwalde am Abend mit seinem Kleinbus nach Hause bringen. Das ging deutlich schneller als mit der Bahn und außerdem konnte er so noch Oma Hertha einen Besuch abstatten. Darüber würde sie sich sicher freuen.

Nach dem Frühstück machten sie sich direkt auf den Weg zum Zoo, wo die Überraschung des Tages auf sie wartete. Vor dem Eingang standen nämlich Kalle, Jamal und Miyu gemeinsam mit Kalles Vater.

»Wir dachten, dass wir den Tag gemeinsam verbringen, damit ihr euch ein bisschen besser kennenlernen könnt«, sagte Marius' Vater mit einem breiten Grinsen. »Immerhin müsst ihr ja in den Sommerferien ein eingespieltes Team auf der Baustelle sein.«

Die Halunken blickten einander skeptisch an. Es war schon komisch mit einer gestern noch verfeindeten Bande nun einen schönen Tag verbringen zu müssen.

»Na, ihr stinkenden Halunken«, sagte Kalle schließlich. »Wollen wir gleich im Zebragehege eine Zebraäpfelschlacht veranstalten?«

»Klar, aber vorher holen wir noch ein paar Kackhaufen aus dem Elefantenhaus, die wir euch um die Ohren pfeffern können!«, entgegnete Meggy und die Kinder bekamen wieder einen heftigen Lachanfall.

»Na, das kann ja heiter werden«, sagte Marius' Vater und besorgte die Eintrittskarten an der Zookasse.

Und es wurde wirklich ein lustiger Tag. Die Kinder vergaßen darüber ganz, dass sie eigentlich verfeindet waren, und verstanden sich prima miteinander.

Meggy freundete sich sogar mit Miyu an, die ihr anfangs ja am unsympathischsten von allen war. Sie schien es wirklich faustdick hinter den Ohren zu haben, und das gefiel Meggy. Sie war ganz anders als die Mädchen aus Meggys Klasse, und als sie ihr von ihrem Traum erzählte, einmal Gangsterbraut in San Francisco zu werden, sagte Miyu ohne zu zögern, dass sie dann einfach mitkäme. Zu zweit konnte man in dieser Stadt doch viel besser krumme Dinger drehen. Schorsch war sehr von Miyus Kampfkünsten beeindruckt und hatte sich noch lange mit ihr über Boxen und Taekwondo unterhalten. Marius, der ja bis gestern noch große Angst vor Kalle gehabt hatte, stellte fest, dass dieser eigentlich ziemlich in Ordnung war. Außerdem schien auch er ein großer Computerfreak zu sein. Und da sie nicht weit voneinander entfernt wohnten, wollten sie sich nun öfter mal verabreden.

Alfons hatte Jamal von seiner Hip-Hop- und Breakdance-Gruppe erzählt. Jamal war völlig begeistert. Beim nächsten Treffen wollte er unbedingt mit dabei sein. Und da Hip-Hop, Breakdance und Grafitti-Kunst ja auch irgendwie zusammengehörten, war Alfons sehr interessiert an den Geschichten, die Jamal ihm übers Sprayen erzählte.

Auch für Knolle wurde es ein herrlicher Tag. Berlin hatte wirklich einige Leckereien zu bieten, die es in Dümpelwalde nicht gab. In der Nähe des Brandenburger Tors, das sie nach dem Zoo besuchten, hatte er die beste Currywurst seines Lebens gegessen und Kalle hatte ihm stolz erzählt, dass die Currywurst ja sogar in Berlin erfunden wurde. Sofort fasste

Knolle den Plan, später mal eine Delikatessen-Currywurstbude in Dümpelwalde zu eröffnen.

Lotte genoss nach dem Trubel des Vortags die gemeinsame Zeit mit ihrer Mutter. Sie wich ihr während des gesamten Tags nicht von der Seite.

Berlin zeigte an diesem Frühlingstag sein schönstes Gesicht, und Meggy stellte fest, dass es nicht überall nach Abgasen stank. Natürlich war sie immer noch erschlagen von den vielen Autos, den Straßenbahnen und dem ungewohnten Lärm, aber sie spürte, dass ihr die Stadt immer besser gefiel. Als sie durch den Englischen Garten liefen, und Meggys Blick über die Bäume schweifte, freute sie sich jedoch wieder auf ihr kleines Dümpelwalde. Auch wenn es dort hin und wieder nach Kuhfladen roch und das Leben insgesamt langsamer verlief, war es doch ihr Zuhause.

»Los, lasst uns vor der Siegessäule ein Gruppenfoto machen«, riss Marius sie aus ihren Gedanken.

Nachdem sich alle vor dem riesigen, mit Gold verzierten Koloss positioniert hatten, drückte Marius einer freundlichen Dame, die einen altersschwachen Dackel Gassi führte, sein Smartphone in die Hand, um das Foto zu schießen.

»Und jetzt alle *Cheese* sagen«, schlug Lottes Mutter vor. Doch Meggy hatte einen besseren Vorschlag. »Nein, lasst uns alle *Gülle* sagen!«

Und so schoss die verwunderte Dackel-Dame das Gruppenfoto, während die Personen vor ihr voller Begeisterung *Gülle* in den Berliner Lärm brüllten. Die Kinder lachten sich schief, als sie anschließend das Ergebnis auf dem Display des Smartphones begutachteten. Von der Siegessäule war zwar so gut wie nichts zu sehen, aber das war nicht so wichtig. Meggy und die anderen fanden das Ding sowieso nicht besonders schön.

Der Tag verging wie im Flug und fand seinen Ausklang im Café des Fernsehturms in der Nähe des Alexanderplatzes. Die Heuhaufen-Halunken waren sprachlos, als sie Eis und Kuchen essend aus der sich drehenden Kuppel über die riesige Stadt blickten. Nun hatten sie doch noch eine Menge von Berlin gesehen, aber es gab natürlich noch viel mehr zu entdecken. Dafür würden sie dann im Sommer eine Menge Zeit haben.

»Da wir ja nun Frieden geschlossen haben, könnten wir uns doch eigentlich zusammentun«, sagte Meggy zu Kalle, als sie sich nach dem Besuch des Fernsehturms voneinan-

der verabschieden mussten. »Du, Jamal und Miyu wärt eine ideale Verstärkung für die Berliner Filiale der Heuhaufen-Halunken.«

»Was? Wir drei Berliner Großstadtganoven sollen stinkende Halunken werden?«, entgegnete Kalle gespielt empört. Dann lachte er und klopfte Meggy auf die Schulter. »Ich denke mal drüber nach!«

Kurz darauf saß die Reisegruppe aus Dümpelwalde im Kleinbus von Marius' Vater und machte sich auf die Heimfahrt. Marius und Alfons fuhren ebenfalls mit, um noch etwas Zeit mit den anderen Halunken zu verbringen. Doch da alle ziemlich müde waren, verlief die Fahrt recht ruhig und die Freunde hingen ihren Gedanken nach. Sie ließen Berlin hinter sich und anstelle von Häuserzeilen und überfüllten Straßen flog nun eine Landschaft an ihnen vorbei, die Meggy immer vertrauter wurde. Sie holte ihr Notizbuch aus der Tasche, um die Operation Gülle-Attacke endgültig abzuschließen:

Operation Gülle-Attacke – abgeschlossen!

Manchmal kommt alles anders als gedacht. Nach einer erfolgreichen Gülle-Attacke wurden aus Feinden neue Freunde. Kalle, Jamal und Miyu sind echt in Ordnung. Vielleicht werden sie in Zukunft die Heuhaufen-Halunken verstärken.

Marius lag mit seinem Gülleplan goldrichtig. Kein Wunder, bei dem Vater ;-)

In Zukunft sollte er mehr Verantwortung bekommen. Stichwort: Filialleiter in Berlin …

Nächste Schritte:

- den Frühling in Dümpelwalde genießen!
- sich auf den Sommer in Berlin freuen!

»Weißt du was, Marius«, sagte Meggy kurz bevor sie Dümpelwalde erreichten. »Ich finde es ziemlich cool, dass du die Idee hattest, Kalle und seiner Bande eins auf gute, alte Dümpelwalder Weise auszuwischen. Aus dir wird noch ein richtiger Dorfjunge.«

Marius musste lachen. »Gülleduft und Großstadtmief passen eben doch zusammen. Übrigens würdest du mittlerweile auch ein richtig gutes Stadtkind abgeben.«

Meggy wusste jetzt, dass es völlig egal war, wo man herkam. Das Wichtigste war, dass man Freunde hatte, auf die man zählen konnte. Und die hatte sie. Sowohl auf dem Land, als auch in der Stadt.

Als der Kleinbus auf dem Hof von Meggys Eltern eintraf, fing es schon ein wenig an zu dämmern. Meggy fiel sofort die frische, klare Luft auf. Sie nahm einen tiefen Atemzug und war froh, wieder zu Hause zu sein. Und gleichzeitig freute sie sich schon auf die nächsten Abenteuer mit Schorsch, Alfons, Knolle, Lotte und Marius. Sie würden auch in Zukunft gemeinsam durch dick und dünn gehen. Denn schließlich waren sie die Heuhaufen-Halunken!

KÄÄKÄRÄKIIIIE!

Sven Gerhardt, 1977 in Marburg geboren, wäre selbst gerne ein Halunke geworden, hat sich dann aber doch dazu entschlossen, seinen Lebensunterhalt mit ehrlicher Arbeit zu verdienen. Nach einigen Jahren in der Werbebranche arbeitet er heute als Grafiker und Autor. Ein schön gestaltetes Kinderbuch mit lustigen Illustrationen und einer tollen Geschichte ist für ihn das Größte. Seine Frau und seine drei Kinder – die übrigens nicht die geringste Ähnlichkeit mit den Heuhaufen-Halunken haben – sehen das ebenso.

Vera Schmidt studierte Kommunikationsdesign in Augsburg und arbeitete anschließend in einer großen Werbeagentur in Frankfurt a. M. Dann folgte sie ihrem Herzen und machte sich 2004 als Illustratorin selbstständig. Sie liebt es, Ideen und Geschichten in Bilder zu verwandeln, Charaktere und neue Welten zu erschaffen und erfreut sich an wunderschönen, schrägen kleinen Dingen und Situationen. Ihre Illustrationen wurden in Kinderbüchern, Schulbüchern, Kalendern, auf Webseiten und vielem mehr veröffentlicht.

Sven Gerhardt

Mister Marple und die Schnüfflerbande

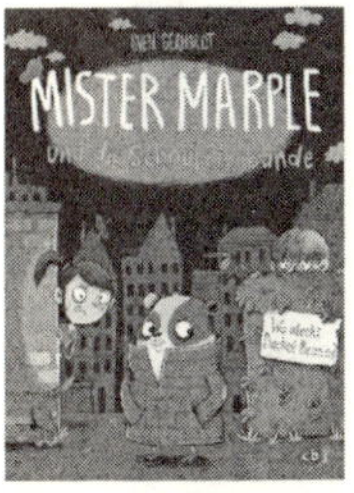

Wo steckt Dackel Bruno?
Band 1, 160 Seiten,
ISBN 978-3-570-17643-6

Die Erdmännchen sind los
Band 2, 160 Seiten,
978-3-570-17737-2

Auf frischer Tat ertapst
Band 3, 160 Seiten
978-3-570-17785-3

Ein Hamster gibt alles!
Band 4, 160 Seiten
978-3-570-17818-8

Die Schnüfflerbande, das sind Theo, Elsa und Hamster Mister Marple. Ihre Spezialität sind »tierische Angelegenheiten« aller Art, was nicht zuletzt Mister Marple zu verdanken ist, der für diese Fälle ein besonders feines Spürnäschen hat. Auch wenn Theo und Elsa total unterschiedlich sind, halten sie immer fest zusammen und können so fast jeden Fall lösen.

10416_4

www.cbj-verlag.de